09

All about Love

09

All about Love

背對背相愛

Loving Back to Back

by Sophia

01

大多數人都是這樣抓緊即將斷裂的繩索，當啪一聲應聲斷裂的同時開始四處張望，一定是有哪個人拿著剪刀用力剪斷，自己所拉住的愛情不可能憑空斷裂。

但那從來就不是憑空斷裂。

半掙扎的張開眼睛，習慣性地在床上伸懶腰但我的左手好像遇到什麼阻力，大概是我家的熊但稍稍用力怎麼感覺觸感不大一樣，好像更有彈性更光滑一點，於是我有些懶惰而緩慢的翻過身體，模糊之中似乎看見某個類似人體的東西……

……人體？

瞬間我坐起身，看見的是男人裸露的肩膀與沉沉的睡臉，帶著猶疑與不安我低下頭，確認自己身上還穿著昨天睡前的衣服，鬆了一口氣之後我又盯著他看了好一會兒，接著我終於發現不對勁。

「梁允樂，你為什麼會在這裡？」這樣的聲音似乎太過日常，於是我加入一點歇斯底里的高音，「你為什麼沒穿衣服睡在我旁邊？」

用腳賣力的踢了他好幾下，他才不情不願的拉了拉被子，翻過身背對我並且用模糊不清的聲音唸著：「我本來就有裸睡的習慣……」

裸、裸睡？

也就是說，在那件薄薄被子底下……

天啊我到底在想什麼？

甩了甩頭又用力的踹了他幾下：「我問的是你為什麼會在這裡？」

「我昨天特地灌醉妳就是為了睡在妳家啦。」

很誠實的說完之後梁允樂直接用被子蒙起頭，我決定先讓這個物體保持這樣的狀態，於是我走進浴室用冰水大力的往臉上潑，順便回想昨天到底發生了什麼事情。

梁允樂帶了一袋啤酒和滿滿一大包的零食虛情假意的說要陪我度過悲慘的單身周末〈雖然那時我的確是覺得有點感動，以至於忽略了梁允樂的劣根性有多重〉，總之兩個人默默喝掉了全部的啤酒，現在想想那些啤酒幾乎都被梁允樂倒進我的杯子裡，接著畫面就跳到了他裸露的肩膀。

裸露的肩膀往下的話，梁允樂一直很認真在保養他的身體……

唉啊不是想這個的時候，天知道那傢伙又在打什麼主意。

從國中認識梁允樂開始，我的生活就像被什麼髒東西纏上一樣，明明就刻意避開他但髒東西是自己會黏上來的；一男一女走得太近的產物就是一堆流言蜚語，但意外的是梁允樂在這方面「處理」得相當乾淨，以至於身邊的每個人都以寵物的定位來看待梁允樂。

但是寵物畢竟比髒東西高等多了。

我必須強調的是，梁允樂是髒東西這件事。

就很多面向來看其實梁允樂是個不錯的朋友（雖然我猜想這是不是一種彌補），傷心難過的時候他會來安慰我、肚子餓的時候那傢伙的廚藝又不錯、想找酒肉朋友他也相當適合、衛生棉沒了也可以叫他買……，但是代價就是我必須三天兩頭扮演他的「正牌女友」。

梁允樂最惡劣的地方就是喜歡借刀殺人，**因為我不喜歡拒絕別人啊**，這樣不負責任的說完結果就是我替他拒絕別人。

不喜歡的時候就丟給我。

我已經有女朋友了。

那個時候的「女朋友」就是我。

想分手的時候也丟給我。

我愛上了另外一個人了。

那時候的「另外一個人」就是我。

所以說、梁允樂會把我介紹給任何他的朋友，但絕對不會是異性，畢竟我是屬於「秘密武器」層級的人。

我嘆了一口氣，早就該知道髒東西也會進階的，走出浴室看見床上的物體還是保持著相同的姿勢，試圖把梁允樂拖起來只是浪費時間而已，所以我決定把他丟在家裡，再怎麼樣我都不想看見他大搖大擺的在屋子裡晃。

嗯、重點是裸體。

用力的關起房間的門，就算我已經單身一年多我也不會飢不擇食到這種程度，有些食物看起來漂亮但只要一吃就會肚子絞痛，所以我還是去找安全的早餐比較保險。

「妳很少這麼早來吃早餐啊，何況是星期天。」

小莓把沒有冰塊的葡萄汁和看起來太健康所以讓人沒什麼食慾的雜草三明治放在我面前，猶豫了一陣子還是決定先從沒有冰塊的葡萄汁開始，小莓從來就不讓我點餐總是端出健康到讓人寧可不吃的食物，連果汁打死都不讓我加冰塊，而且她一定會親自盯著我吃完所有食物。

因為妳的飲食實在太亂七八糟了，至少早餐要正常一點。小莓是這麼說的。但是我怎麼也看不出來這堆雜草哪裡正常了。

明明就是人為什麼非得像羊一樣心酸地咬著無止盡的雜草，就算想擠一團美乃滋在上面也會被嚴厲制止最後只能換得幾顆葡萄乾作為甜味的來源，小莓自虐就算了為什麼要一併虐待我？

我忘了說，小莓是我的雙胞胎妹妹。

一點都不像的那種異卵雙胞胎。妹、妹。

就算她比較像姊姊但無論如何她就是我的妹妹，雖然只有一點自我安慰的效果但我還是必須這麼強調。

「梁允樂那傢伙睡在我的床上。」

「不是說不要讓寵物上床的嗎？這樣會寵壞他的。」

「有哪隻寵物會灌醉主人，然後大搖大擺的霸佔主人的床？」我大口的喝下葡萄汁，好酸，早餐店以後應該在桌上放一盆糖的，「是髒東西、髒東西才會這麼不知廉恥。」

「妳反應這麼激動是因為被吃掉了嗎?」小莓很開心的對著我笑，右手以一種不可拒絕的強硬把雜草三明治推到我面前。

「妳這樣算是一個正常妹妹的反應嗎?」

「再怎麼說，梁允樂也算是我的初戀耶。」

狠狠地瞪了小莓一眼，滿懷怨懟咬下雜草三明治，沒有肉沒有肉也沒有美乃滋這到底是什麼鬼東西，以為用葡萄乾就能矇混過去嗎?

「哼。」

梁允樂從小就長得一臉桃花相，招蜂引蝶也惹蒼蠅，小莓有一陣子也鬼遮眼的喜歡上梁允樂。當時正幸災樂禍地看著沒辦法拿我當擋箭牌的梁允樂總得自己面對，結果他居然能睜眼說瞎話的對小莓說「因為妳跟姊姊實在長太像了，我沒有辦法對妳產生其他的感情」，還順勢讓小莓喊他哥哥。

所以他又多了一項武器。

……不相信的話去問小莓啊，她都已經喊我哥哥了。嗯、因為喊姊夫還是太扭捏了一點啊。

這樣一併能解決已經認識我的女孩們。真是妖孽。

「所以梁允樂想做什麼？」

「誰知道。」吞下好不容易咬碎的雜草，我決定一口氣解決早餐的折磨，「不知道又心血來潮些什麼了。」

「早安。小莓我要葡萄汁。」

梁允樂邊打著哈欠邊往我的旁邊坐下，托著下巴半瞇著眼一點也沒有不自然的感覺，我瞪了他一眼梁允樂居然毫無自覺的喝起我的葡萄汁，雖然他幫我喝掉但這樣也掩蓋不了他剛剛是從我房間走出來的事實。

簡單的說，小莓住在我的樓下而早餐店開在一樓，所以我每天早上不得不到這裡報到。

「你知不知道你剛剛從哪邊走過來的？」

「妳家啊。」

「那你又為什麼會從我家走過來呢？」

「昨天晚上睡那裡啊。」

「那昨天晚上你為什麼會睡在那裡呢？」

「陳璐茜妳這種拐彎抹角的習慣真的很浪費時間耶，」梁允樂接過小莓遞過去的葡萄汁，接著他很順勢的就把喝到剩三分之一的那杯推還給我，「因為被趕出來了啊。」

「所以說、被同居女友趕出來然後用爛招硬是瓜分我的床？」

「昨天情人節身為妳最親密的好朋友，我捨身陪伴妳應該感動，現在的反應不是很對。」

「哼。」

咬了一口雜草三明治，我不懂這種東西怎麼會讓人排隊等著買。

不對、現在梁允樂比這團雜草聚集麻煩多了。

前陣子梁允樂交往的是一個比較成熟的上班族，沒多久就從半同居的狀態變為同居，雖然跟哪個女朋友半同居對他而言是很理所當然的事情，但從中間地帶跨越到完全同居對他而言倒還是第一次，「不能真正成為一個被掌握的人」，這就是梁允樂的至理名言。

本來還慶幸他終於要定下來所以我就能擺脫髒東西，沒想到才隔幾天他媽媽就打電話跟我「訴苦」三個多小時，讓我差點懷疑自己的耳朵會被話筒燙熟，然後就可以拿下來作為晚餐加菜。

總之三個小時只有兩句話是有意義的：「小樂被壞女人拐走，吵了一架就打包離家出走了。」

不、並不是這樣的，就說梁允樂老愛借刀殺人，他早就密謀搬出去只是敵不過梁媽媽，唯一被梁媽媽「認可」的地點我打死也不會退讓。因為就是我家。

所以說就像衣服沾上機車油汙一樣，連自己都不知道什麼時候碰到，卻用盡方法也除不掉汙漬。沒辦法只能把衣服丟掉，但無奈的是我並不能把自己丟掉。

所以無解。

曾經我用男友作為擋箭牌，但我實在太小看髒東西的力量了，就像有些男人會貼心的買另一件衣服給自己，所以梁允樂看準這個弱點讓我歷任男友都相信他是我依賴至極的哥哥。

到底是誰依賴誰？

「那你不會回家嗎？」

「好不容易搬出來怎麼可能回去。」梁允樂用著一種「這種事怎麼還需要說呢」的表情看著我，「現在回去只會讓我媽更得意，說些『媽媽一開始就說她是壞女人了吧……』的話，之後又囉嗦一堆有的沒的，我才不會找罪受。」

那為什麼要逼我受罪？「昨天的事情過了就算了，今天你別想睡在我家。」

「讓我流落街頭這種狠心的事情妳也做得出來？真是狼心狗肺。」

「狼心狗肺不是用在這裡的，」算了梁允樂最喜歡亂用成語而且這不是重點，「你不是有一堆狐群狗黨嗎？每星期換個地點一年一下就過去了。」

「太麻煩了。」

那為什麼要讓我感到麻煩？「反正不管你睡在哪，那裡絕對不會是我家。」

「那我只好跟小莓睡了。」梁允樂無奈的聳聳肩，「妳也知道小莓不像妳這麼狠心，不過住在一起久了說不定小莓會愛上我……畢竟很少有女人對我免疫，妳說對吧。」

卑鄙。無恥。不要臉。

「小茜妳怎麼吃那麼久？」應付完排隊的客人大概已經過了上班族和學生的高峰期，小莓推了推我的手我只好繼續咬著雜草三明治，「你們在說什麼？」

「小莓……」

開始了、標準可憐小狗無辜水汪汪大眼睛直視法，如果給他一條尾巴一定能夠成為最惹人疼愛的狗。

「怎麼了？」果然、小莓語氣軟了那就代表心開始軟了。

「我跟女朋友分手被趕出來，而且又跟媽媽吵架她不讓我回家，小茜又狠心不要我，所以我已經沒有地方去了……」

謊言。怎麼有人可以這麼天真誠懇又可憐兮兮的說著謊話，但是梁允樂已經先抹黑我了，我開口戳破他一定會被小莓當作佐證，認識太久最討厭的一點就是總會有一個人能夠抓住其他人的弱點。

「那要不要先住我那邊？」雖然小莓有點苦惱但基本上她從來就敵不過梁允樂，「可是只能睡沙發……」

「就算是地板也沒有關係，就算——」

「梁允樂你給我閉嘴。」打斷他裝可憐的戲碼，小莓望向我並且稍稍皺起了眉，怎麼她那麼精明的人會被梁允樂矇騙那麼多年還不自知，「少打小莓主意。」

梁允樂低下頭不說話，好可憐怎麼會那麼可憐，就算知道他在演戲但還是覺得他很可憐，但是我發誓我看見他對我揚起得意的眼神。但重點是小莓的臉色很難看。

咬了牙再怎麼說我還是姊姊，而且全世界大概只有我徹底了解梁允樂是多麼惡劣的一個人。

「不准爬上我的床，你愛睡沙發愛睡地板隨便你。」

梁允樂笑了。

而且是那種「既然這樣何必浪費那麼多時間跟力氣呢」的笑容。

小莓也笑了。

臉上寫著「我就知道小茜不會那麼狠心」。

這就是標準的「將自己的快樂建築在別人痛苦上」的範例，我一口灌下葡萄汁把雜草團全部塞進嘴巴，這世界註定有人被欺負。

但是很遺憾的我就是被這兩個人吃得死死的。

□

心情真的是太惡劣了。

所以為了撫慰我受傷的心靈和往後的苦難，我決定藉由肉類和重口味來補償自己，於是我走進梁爸爸的店（真是悲慘這種時候還是脫離不了梁允樂的勢力範圍）。

「梁爸，我要豬排蓋飯，醬汁多一點不要洋蔥不要任何蔬菜我只要肉跟飯。」

「不吃蔬菜皮膚會變差的，萬一被小莓知道我一定會被唸。」梁爸爸豪爽笑著，「幫妳加點肉妳就乖乖吃蔬菜。」

雖然還是得吃草但多點肉多少能夠作為彌補，而且這裡也已經成為小莓的勢力範圍，所以掙扎根本無效。

「聽說我們家允樂要跟妳同居啊？」

看來為了讓我無法反悔那髒東西已經先下手為強，「什麼同居？是他賴上來、厚顏無恥的黏上來甩都甩不掉。」

「哈哈。」這麼說他兒子他還能笑得那麼開心？「以後常來吃飯，都算梁爸請客，允樂就是玩心太重，也就只有妳制得住他。」

不、這一切都是梁允樂製造出來的假象。

「來、特製的豬排蓋飯。不能把菜挑掉啊。」

「知道了啦。」

不管怎麼樣先夾起一塊肉來填補我脆弱的心靈，順便覆蓋早餐對我的身體帶來的迫害；所以說這世界本來就很平衡，小莓吃素因此身為雙胞胎姊姊的我只好大量吃肉藉以平衡，怎麼小莓就是不懂這世界的運作呢？

逆天而行是不好的。

肉啊肉、雖然你也是生命但我還是割捨不掉，大概我會被吃素協會之類的存在視為眼中釘，但還是要有人促進畜牧業的發展啊。

吃了幾口肉和鹹鹹甜甜的醬汁心情稍微平復了一點，但是我眼角餘光似乎看見一張有點面熟但突然想不起來是誰的臉，於是我一邊咀嚼一邊聽著她和梁爸的對話，聽得不是很認真加上其他客人和音樂交雜的聲音斷斷續續的我聽見「允樂」、「很多天沒聯絡」之類的字句，然後在我吞下豬排的瞬間我終於想起來。

她就是把梁允樂趕出去的那個女友。距離最近的前女友。

從小被拿來當擋箭牌事實上是相當危險的一件事，曾經我就被梁允樂某任女友帶人包圍狠狠打了一巴掌，雖然事後他不還手也不反抗地讓我洩憤，但那大概是唯一一次在他臉上看見所謂愧疚的表情。

不過因為他是梁允樂，所以並不會改變作風，但從此只要生活圈和我有重疊的女性他絕對不下手，並且會拿著照片逼迫我記下他現任女友的長相。

只要看見就保持警戒。梁允樂的確是這麼無恥又理所當然地對我說。

真是鬱悶。

踩著高跟鞋穿著看起來很貴的套裝的都會可怕女子緩慢而堅定的朝我走來，我總有一天會死在梁允樂某任女友的手中。

「允樂呢？」

「不知道。」

看了她一眼，梁允樂的口味還真是千變萬化，上次是甜心女孩、上上次是療癒系熟女，這個大概是都會型幹練熟女吧。

「不知道？」套裝女冷冷的重複，「本來以為那只是允樂賭氣的話，但是連他爸爸都說他和妳已經住在一起，這樣還能說不知道嗎？」

我真的會被梁家人給害死。「因為他沒地方去，我只是借個地方給他睡。」

長期訓練下來我大致能夠避開會瞬間惹火對方的言語，例如這種時候絕對不能不耐煩的說出「他自己賴在我家不走，拜託妳把他帶走」或是「這種事妳去找他不要來找我」這類的句子，就算是事實但一般人是無法承受事實的。

就像我們寧可接受對方移情別戀也不願承認兩個人的結束只是單純已經不愛了。

兩個人的愛情不能只留下我一個人死命掙扎。也許大多數人都是這樣抓緊即將斷裂的繩索，當啪一聲應聲斷裂的同時開始四處張望，一定是有哪個人拿著剪刀用力剪斷，自己所拉住的愛情不可能憑空斷裂。

但那從來就不是憑空斷裂。

「既然妳跟允樂沒有曖昧，那就讓他出來跟我談。」

這句話有相當嚴重的邏輯問題。

因為這句話意涵著「為了證明清白妳就把他交出來」但同時隱含「妳把他藏起

來故意不讓我們復合」的意味，然而我被設定的角色在這種時刻是不能戳破對方的。

「他早上就走了，我也不知道他去哪。」

我露出被梁允樂特訓出來「帶著歉意又無能為力但我真的很想幫忙而且我很誠懇」的微笑，但梁爸靠近的身影讓我的嘴角有些抖動，不行、這家人對我的設定是梁允樂的未來妻子或是最終依歸的荒謬角色，所以一定會破壞好不容易撐起的和平。

「梁爸幫我打包。」把吃到一半的豬排蓋飯塞給他，「偶像劇重播快開始了。」

套裝女安靜的看著我，像是終於確認我不是起先設定的狐狸精，「如果妳有遇見允樂，麻煩妳請他跟我聯絡。」

「嗯。」

然後她很堅毅的轉身離開。嘆了一口氣這種感情的糾葛比跳三小時有氧還要累人，雖然每次都覺得自己很倒楣被牽連進去，但只要看見對方的背影，偶爾會想、讓她們認為梁允樂心中有了另外一個人比要她們接受梁允樂已經不愛自己還要輕鬆一點吧。

我們都需要舔舐傷口的餘地。

所以說、我也被梁允樂訓練得很自虐了。

02

他就是那種會讓所有人都跟著他旋轉的人。

轉啊轉的、中心點以外的人就算平衡感再好也會感到頭暈，或許就是在暈眩之下所以沒有人真正看清過他。

張開眼睛很無奈的我又看見梁允樂。

因為是單身套房所以除了廁所並沒有所謂隔間這種東西，雖然想叫他睡浴缸但很不巧浴室裡沒有浴缸，這就是自以為讓浴室變寬敞的結果。

醒得很早因此我坐起身一動也不動的觀察著在沙發上睡得很張狂的生物，經過激烈的爭論之後他終於願意穿上一件平口褲，但隨意把薄被蓋在肚子上還是很引人遐想，好像只要一掀開來……

不、甩了甩頭我抓起冷氣遙控器，開到十六度他應該就會捲成一團，但才按開就看見「19」這個紅字，我突然想起來梁允樂就像企鵝一樣只是他沒有毛也可以過冬。

才剛掀開被子就感覺一股顫慄，好冷、但貪戀被子的溫暖也只是讓冷的感受愈加膨脹，果決的踏下冰冷的地板，皺起了眉耳邊傳來梁允樂淺淺的呼吸聲，稍稍側過身像定格一般就這麼凝望著他。

事實上他不應該佔據我生命這麼大的區塊——如果以正常的脈絡來訴說整個故事的話。

很多人都以為我和梁允樂是同班同學要不就是從小一起長大的青梅竹馬，根本不是這樣、他家和我家就算迷路也不會相遇，國中的班級也是第一個班級和最後一個班級絲毫不會交疊的關係。

起點只是一個意外。

然而意外往往會成為使人生錯位的節點。

「我、我喜歡你。」

忘了被什麼事耽擱總之同學們早已鳥獸散，天氣不是很好因此傍晚顯得有點暗，走向腳踏車棚時不經意撞見這樣的畫面。女孩低著頭而視線來回在男孩的臉上和自己的布鞋游移，雖然是側面但我看不清楚男孩的表情。

這種狀況下想牽走腳踏車既沒有辦法不驚動男女主角也無法裝作沒看見，所以「走路回家」和「等他們結束」兩個選項在我的腦袋中相互交戰，就在我決定轉身的那瞬間女孩發現我了。然後男孩順著女孩的目光也跟著轉向我。

「妳來了啊。」男孩揚起燦爛的笑容，像是積聚的等候終於找到終點一樣，看了左邊也看了右邊我終於發現男孩句子裡的主詞是我，「我等妳好久。」

女孩的神情就介在心碎與憤怒中間，而視線的落點經過反覆確認之後發現的確是我沒有錯。

「很抱歉，但是我已經有女朋友了。」

……我？

女孩說不出話沉默並且來回張望男孩和我，我想我應該解釋但那時候的我一直到末端才意識到整個故事的運作，也就是說等到我想到必須開口的時候女孩已經用跑百米的速度奔離。

只留下我跟男孩。

「你……」

「真是幸好有妳出現。」男孩笑得好天真好無害，如果沒有方才的鋪陳或許我會被那樣的弧度迷眩，「妳放心，那女生不是我們學校的。對了，我叫梁允樂，妳呢？」

我不該愣愣地回答他的。「陳璐茜。」

那天、是開學的第一天。

真是妖孽。

「妳幹嘛看著我發呆？」梁允樂微微沙啞的聲音讓我飄散的思緒緩慢聚集，「醒來突然發現自己愛上我了嗎？」

「你、做、夢。」

「為什麼不穿拖鞋？明明就那麼怕冷。」

梁允樂站起身朝我走來，吞了一口口水就算認識那麼多年也沒辦法撇開他的男色不談，感覺像是廣告裡的模特兒只穿著內褲朝自己走來……我都已經單身一年多了，沒必要在剛起床的時候給我這種刺激吧……

「去把衣服給我穿上。」

「我又不冷。」

這又不是冷不冷的問題……

還想要說些什麼就看見他拎著被我忘在浴室前的拖鞋接著放在我的面前，「妳如果感冒的話，會傳染給我的。」

好像有那麼一點感動從我胸口擴散，但下一秒鐘就完全灰飛煙滅，因為梁允樂已經滾上我的床，真是一點禮貌跟羞恥心也沒有的生物，拉起厚重的棉被往他臉上壓下，梁允樂居然用某種摔角手段箝制住我，就是那種雙手雙腳一起用的那招。

「幫我帶早餐上來，我就放開妳。」

「就在樓下而已你是沒有腳嗎？已經沒有收你房租了你還以為自己是客人嗎？你是流浪漢，流、浪、漢懂不懂？」

「這樣下去妳會遲到喔，妳不是抱怨過妳們老闆連遲到一分鐘也會抓狂嗎？我是一點也不介意啦……」

卑鄙。無恥。不要臉。

「你們、在做什麼？」

梁允樂沒有鬆開我的意思，所以我只好努力的扭過頭，以快要扭到脖子的姿勢我看見的是提著早餐站在門口的小莓。

「小莓妳看見這傢伙有多無賴了吧……梁允樂你放開我。」

「不要玩了啦，還以為發生什麼事情妳今天這麼晚還沒下樓吃早餐，早餐放在桌上我還要做生意。」

「小莓……」

然後我的雙胞胎妹妹就把我留在大野狼身邊輕快地離開了。

「梁允樂你害我遲到你就完蛋了！」

「就說早上在床上做運動不小心就遲到了……」

他終於鬆開箝制，踹了他一腳我以極快的速度衝進浴室梳洗，老是說一些亂七八糟的話難怪時時刻刻都沾滿桃花，所以說我交往的對象一向都是成熟穩重不花言巧語的類型，如果要描繪一個理想型大概就是除了外貌之外通通和梁允樂相反就對了。

「幹嘛啦？」

「我也要上班啊。」

梁允樂擠進已經夠狹小的浴室，再怎麼說他也是個男人，這樣幾乎是貼在我背後就算毫不在意的刷著牙實在太過分了一點，大力的我漱著口，但是在梁允樂的世界裡重要的並不是「他是男人」這件事，而是「陳璐茜不算是女人」這件事。

「我要換衣服。」
梁允樂看了我一眼，接著像是想起什麼一樣的笑了，「喔、我都忘了妳是女的。」
「滾、出、去。」

□

「我真的很不像女孩子嗎？」
「幹嘛突然這樣問？」
「先不要管這個，真的一點女人味也沒有嗎？」
宇珊停下動作以無比認真的姿態端詳著我的外表，放下手中的筆緩慢地她搖了搖頭：「是不是女孩子跟有沒有女人味是完全不同的兩件事。妳啊、是女孩子這件事情應該不會被錯認，因為是不容抹滅的生理事實，但是女人味這件事跟妳絕對、絕對不會連在一起。」
那麼一大串廢話結論就是精簡的「沒有」。
「幹嘛突然問這個，有男人了啊？」

有男人就不會懷疑自己是女人了。雖然想這樣回但總感覺會引來更大的麻煩。

宇珊曖昧的湊近，雖然辦公室有一半以上的人跑外務但還是有另一半的人分布在四周，例如我右前方的劉小姐很明顯的動作趨緩，就算背對我還是能感受到她專注於我和宇珊的對話。

八卦始於人性，而人性讓八卦更加吸引人。

「隨便問問啦。」

但是到了午休宇珊還是沒有放過這個話題，就算要假裝睡覺但如果沒有吃午餐我的脾氣會很暴躁，所以就成了被她有機可乘的縫隙。

「很可疑喔，」她吃著看起來就很難吃的蔬菜麵，興味盎然的注視著我，「一定有問題。」

「被妳這樣盯著哪吃得下飯。」

然後她就死命盯著我，像是熱戀中情侶的凝望與間諜刺探軍情的混合，我一向是很好對付的，例如現在。

「沒什麼啦，只是一個認識很久的朋友從來沒有當我是女的，久了也會傷自尊吧。」

「男的？」

「對啦對啦。」

「那麼久都不在意，說不定是因為突然對他有意思所以才在意他的眼光啊？」

「怎麼可能。」我絕對不可能對梁允樂有任何意思，「絕對不可能。」

「那就介紹給我認識。」

「什麼？」這是哪來的結論？

「我已經單身半年妳身為朋友也應該看不下去了吧，反正只是認識認識。」

那我已經單身一年多怎麼她都不會看不下去？

好吧她是介紹過幾個男人，但不知道是湊巧還是她的喜好，宇珊介紹的男人在向度上都比較偏向梁允樂的類型，這樣一想就更加危險了，客觀的來看梁允樂確確實實是一個容易讓人愛上的男人。

「對方是個糟糕的男人，所以身為朋友我絕對不能介紹你們認識。」

□

但是我說過我很好對付。

所以宇珊很開心的在我身邊分享著哪個藝人的八卦、最近買了新款的睫毛膏，嘆了口氣我並沒有告訴她某人正住在我家這件事，我很努力的營造「我約大家到我家聚會」的假象。

我反覆祈禱梁允樂今天要加班或是外出應酬，不然找到一個新對象也好，這樣我就能告訴宇珊「看吧那傢伙連約好都可以不出現，一點認識的價值都沒有」。

只是旋開門把的瞬間我的心就涼了。

門沒鎖。

但是已經沒有後路可退，暫時先裝傻為什麼梁允樂在我出現之前就已經在我家，只是門開到一半我突然想到如果他沒穿衣服該怎麼辦？

然後我用力的把門關起來。

「小茜妳在做什麼？門開到一半又突然關起來。」

「我家很亂我看我們還是改在附近的餐廳見面吧。」

「妳在說什麼啦，吃的東西都已經買好了。」

「那……」

「幹嘛不進來？」

……幹嘛不進來？說得好像是他家一樣，瞪了一眼站在門口的梁允樂幸好他的衣服很安分的待在他身上，下午我明明打過電話跟他說我要帶朋友回家，但因為宇珊在一旁監督我講電話所以沒辦法說「你不要給我出現」，我還以為梁允樂聽得懂我的暗示。

我果然太看得起他了。

「你好，我是小茜的同事宇珊。」

「嗯。」

跟在梁允樂身後走進家裡，一邊觀察著正在瀏覽房間的宇珊找到空隙拉過梁允樂，盡可能的壓低音量：「我不是說今天要帶朋友回來嗎？」

「我知道啊。」

「那你為什麼還會在家。」

「我可是提早回來幫妳整理房間耶，連籃子裡的內衣我都幫妳洗好了。」接著他很不贊同的看著我，「就算單身也應該買好看一點的內衣吧，不知道機會可能隨時出現嗎？」

……什麼？忍耐、現在這些都不是重點。

「我的意思是要你晚一點回家，」乾脆不要回來最好，「我明明就強調我要帶『女的』朋友回家，而且強調兩次。」

他勾起很討人厭的笑容，「我不會對妳的朋友下手。」

但是難保我的朋友不會對你下手。

雖然想這麼說但宇珊已經擺好食物喊我們過去，這麼積極的樣子真的很不妙，還是乾脆說梁允樂是我男朋友以斷絕後患呢？

我終於發現這招是多麼直截了當又有用了。

「所以允樂是廣告企劃啊，聽說是很累的工作耶。」

「偶爾吧。」

灌著啤酒看著我右邊的宇珊嬌滴滴進攻，而前方的梁允樂很夠意思的收起妖孽笑容塑造冷冰冰態度，像個局外人一樣咬著洋芋片我還是覺得啤酒跟洋芋片配起來很詭異，雖然我不太喜歡喝酒但這時候適量的酒精似乎能讓我清醒一點。

其實我很少這麼近的觀察女性對梁允樂示好的場景，一方面是他會避開跟我有交集的女性，另一方面雖然他會逼迫我記下照片裡的人卻從來不讓我見到真人，因為是秘密武器當然不能曝光，他很理直氣壯的這麼說而我也沒什麼好反抗，在我和梁允樂之間彷彿規則都是他定的。

他就是那種會讓所有人都跟著他旋轉的人。

轉啊轉的、中心點以外的人就算平衡感再好也會感到頭暈，或許就是在暈眩之下所以沒有人真正看清過他，無論是梁爸爸梁媽媽或是小莓，更外圍一些的人會因為離心力而被甩出他的世界，就像一個一個趨近的人們，當試圖靠近但在動作之間重心不穩而被狠狠甩開。梁允樂並沒有伸手將誰拉近的打算。

然而站在中心點的除了梁允樂之外，還有我。

時常我會納悶為什麼這樣一個不願意讓人看清的人會拉著我一起站在正中央，但事實上因為貼得太近我只是以另一種形式遺漏他的畫面。

例如說，離得比較遠的人能夠看見他的全貌，卻因為旋轉而顯得模糊，最後得到一個整體卻失真的映像；相反的貼近的兩個人不管是眼睛鼻子還是手掌的紋路都能鉅細靡遺，然而卻看不見他的膝蓋他的背影更無法看見整個對方，那種理解、比任何人都還要清晰的資訊卻也比任何人還要零碎。

我跟小莓的關係也是這樣，只是至少還能在距離小莓一個跨步外看著她，梁允樂卻從來沒有給過我這個空間。

彷彿有些什麼無論如何他都不願意讓我看見。

「小茜妳喝醉了嗎？」

「嗯？」

「看妳一臉呆滯。」等我回過神來發現宇珊已經整理好桌面，整齊的衣著和手邊的包包就像是結束的一種宣告，「有點晚了，我該回去了。」

「喔。」我跟著站起身，「抱歉都讓妳整理，我送妳下樓吧。」

「不用了啦，看妳的樣子還是洗個澡上床睡覺，不然明天遲到就慘了。」接著宇珊轉向梁允樂，「允樂也差不多要離開了吧，一起走嗎？」

瞬間我完全清醒。

這女人、根本不是體貼而是要我別礙事。

我將目光投注在梁允樂身上，用濃厚的感情傳送「拜託你走出去假裝回家甩掉她之後再回來」的訊息，我懇切的希望他能理解，不、理解對他而言太過輕易，所以我轉向祈禱他發揮一點友愛和拿出一點良心來。

「小茜沒告訴妳嗎？」

「什麼？」

「我跟她住在一起。」

大概是因為酒精的關係所以我忘了，在梁允樂身上連找到一點良心的可能性都沒有。

03

感到寂寞並不是因為單身或是沒有人陪伴，而是人的身體裡必然存在某個無法被填補的空隙，因為角度因為光線或者因為被覆蓋而不被發覺，然而在某些時刻就像紅色月亮的出現，連忽略都辦不到。

「跟她一起走出去繞個一圈再回來是很難嗎？」

我快瘋了真的快瘋了，感覺酒精透過我的血管快速的在身體裡繞著圈圈，全身發燙我也分不清是因為醉意還是用盡力氣吼著梁允樂的緣故。總之頭好暈。

「我累了，連一步路都不想走。」

「你……」糟糕突然想不到詞來罵他，而且頭越來越暈好像有墜落的可能性，我第一次發現我的住處其實很空曠，因為我站的位置恰巧搆不到任何支撐物。

「陳璐茜。」在梁允樂突來的叫喊之後是撞進他身軀的熱度，這麼說也不對，因為我身體很燙所以感覺他很冰涼，嗯、冰涼卻又溫暖的存在，「都已經不漂亮了，要是臉再撞到地上誰敢要妳？」

真是心酸我已經一年多沒有被人緊緊抱住了，跟寒暄或是告別的擁抱不一樣，是一種揉合被需要、自己也需要對方並且希望能讓擁抱成為永恆的心情。

所以說不管是湊巧、趁虛而入或是鬼遮眼，總之結論就只有一個：梁允樂的懷抱準確的嵌合在我的空虛之中。

我啊、雖然很隨性看起來像很多事情都可以看開，然而人之所以為人而非為神或許就在於那份脆弱，某些時刻無論如何都無法忍受孤獨，而需要一份恰好卻紮紮實實的溫暖。

看著宇珊積極的往梁允樂趨近，就有一種自己始終在原地打轉的感覺。這樣一想就更加認為自己的孤單並不是誰的責任，而是我的停滯。

靠在梁允樂的胸口我認真的辨認心跳但卻聽不清楚，意識有些模糊然而感官卻異常強烈，屬於梁允樂的味道一直都能給我安心，但卻從來沒有像這一瞬間那麼完整的包裹住我。

他抱著我似乎在行走，我感覺他傾下身我的腳碰到布料的觸感接著是身體最後是頭靠在枕頭上的柔軟，他的手緩慢的抽離在那瞬間我抓住他。

「抱我。」

「妳知道妳在說什麼嗎？」

「主人偶爾也需要寵物的溫暖，尤其是在喝完酒之後。」

「不是說是髒東西嗎？」

「我的頭好暈你不要吵，今天讓你睡床明天你就給我忘記這件事。」

「那我天天灌妳酒我就有床睡了。」

「你做夢。」

「不要說話了快點睡。」

明明就是他……

梁允樂把我的頭輕輕移往他的肩膀，有點冰涼又有點溫暖真是難以說明的感覺，雖然覺得他從明天開始一定會拿這件事作為武器，但人在某些時候總會有就算拿出任何代價也想要換取的片段。

感到寂寞並不是因為單身或是沒有人陪伴，而是人的身體裡必然存在某個

無法被填補的空隙，因為角度因為光線或者因為被覆蓋而不被發覺，然而在某些時刻就像紅色月亮的出現，連忽略都辦不到。

「我沒有刷牙洗臉……」

「酒精可以消毒。」

「老是說些亂七八糟的話，要是別人真的相信了怎麼辦？」

「想負責的時候我就會負責。」

「怎麼會有你這種人……」

「妳放心，」他的聲音悶悶的但似乎有一點笑意，「如果妳蛀牙的話，我會帶妳去看醫生。」

□

醒來的時候梁允樂已經不在屋子裡，我的頭好痛但請假比遲到更能讓老闆抓狂，所以在小莓冷漠的瞪視下喝完蔬果汁我還是拖著宿醉的身軀走進公司。

但是我又忘了，今天的宇珊比請假隔天的老闆更麻煩。

「陳璐茜，看起來很糟糕嘛。」

我扯開嘴角但不用鏡子就知道一定很淒慘，癱坐在椅子上我很努力避開宇珊的目光，但她很乾脆的把我的椅子轉向她。我不該貪戀這種有輪子可以輕鬆轉圈的椅子，老闆要買新椅子的時候我應該制止他才對。

「妳看起來很好啊。」

「這就是欺騙朋友的報應。」

「我才沒有欺騙妳，」亂加罪名在別人頭上是不道德的，「我只是沒有說而已……」

「隱瞞跟欺騙同罪。」宇珊用更加兇狠的眼神近距離直視著我，「說、你們是什麼關係？」

「就說是同學了。」

「那你們為什麼會住在一起？」

什麼住在一起，這些人、不管是宇珊還是梁爸或是梁允樂的前女友都應該重修國文，住在一起是平等的關係，但是梁允樂是無恥的黏上來，正確的說法應該是「他為什麼會賴在妳家」這樣才對。

「我們沒有『住在一起』。」雖然覺得宇珊國文沒有好到能明白分辨但我還是認真的解釋，「是他賴在我家不走。」

「還不是一樣。」

看吧、就說她國文不夠好。「總之他被前女友趕出去又離家出走，所以很無恥的賴在我家。」

「收留朋友本來就是應該的……」到底是誰曾經跟我抱怨高中同學跟男友吵架跑到她家很麻煩，「不對啊，妳的房間那麼小，而且只有一張床吧。」

「他睡沙發啦。」

「就算睡沙發你們還是『睡在同一間』吧。」

啊不然妳是想怎樣？要是能有解決方法妳以為我不會試嗎？

雖然心中的流氓性已經湧升但基於我良好的教養我只能扯開無奈的笑容，「只是暫時的，他很快就會找到新住處。」

「妳真的確定妳跟他一點可能都沒有？」

「打死都不可能。」

「確定？」

我怎麼有種背脊發涼的感覺，好像我眼前這個女人正散發著濃烈的費洛蒙，如同探索頻道裡母獅子狩獵前的姿態，右腳已經就定位全身肌肉緊繃即將向前暴衝的無形張力壓得我呼吸有些困難。

「我跟他是沒關係，但妳還是打消念頭比較好，他絕對不是一個好男人。」

「擔心那麼多做什麼，都是成熟的人不是嗎？」

「妳真的……」

「不知道。」宇珊聳了聳肩，「任何機會都不能輕易放棄對吧。」

□

不對。

我怎麼想都不對。

「小莓怎麼辦，我同事看見梁允樂之後就打算發動攻勢了。」

「擔心什麼，這種事不就是他最拿手的事情嗎？」

「但是我怎麼想就是不對啊。」

「這也不是妳能阻止的事情，」小莓不是很在意地喝著熱茶，「看人家那麼積極，妳是不是也應該認真一點開發新市場了啊？」

「哼。」淨踩我弱點。

「我買了點心，趁熱吃吧。」

「好。」反射性的回答之後我突然覺得哪裡怪怪的，「梁允樂你侵入我那邊就算了，現在連小莓這裡也像你家一樣，怎麼你一點都不會覺得不好意思？」

「所以妳的意思是妳不吃嗎？真可惜是某人最喜歡的豆花而且還有加紅豆……小莓趁熱快吃吧，我們就努力一點吃掉三份吧。」

「我、要、吃。」

「到底是誰比較像寵物。」

小莓遞來湯匙我當作沒看見她調侃的笑容，既然梁允樂可以無恥那我也不需要有志氣，賭氣放棄食物一點也不划算。

「吃胖一點喔，這樣比較符合態的主題。」梁允樂舀出他碗裡的紅豆放進我的，瞪了他一眼為了紅豆才不跟他計較。

「小茜說她同事對你有意思耶。」

我差一點被紅豆噎到，盡可能兇狠地看著愉快而正把豆花送進嘴裡的小莓，喔是嗎，梁允樂極度不以為然的回應，接著兩個人像是嫌話題無聊開始聊起紅豆和綠豆的口感差異。

「她逼我約你出來，不然就要跑到家裡跟某人一樣賴進來。」

「妳就是不懂得拒絕別人。」

這句話是小莓說的，而梁允樂很順暢的接手，「那就見面啊我會拒絕她。」

「但是她不准我告訴你她對你有好感。」

「所以妳是要我拒絕她還是裝傻到底？」梁允樂的語氣中沒有特別的情緒，像是問著要吃義大利麵還是西班牙燉飯一樣，「既然是妳的朋友我會盡量配合妳。」

「不知道……」

我很無奈的攪拌著豆花，完整的凝固體因為旋繞而逐漸破碎，原本很堅定的思緒卻因為沒有人在意而顯得薄弱，也許是我太過在意，又不是稚嫩的青少年每個人早已經在不同的愛情中跌撞過，事實上梁允樂從來沒有給過人深深愛上他的機會。

在墜落之前他就已經帶著行李離開那段愛情。

……為什麼？

某次分手之後我這樣問著梁允樂，淚水安靜的從頰邊滑落，掉落在我交握在腿上的雙手又順著手的弧度在裙上暈開，或許我想問的是為什麼一個人可以那麼果斷的離開另一個人離開兩個人的愛情。

……大概是不想讓人像妳一樣傷心吧。

……那你不會為了另一個人傷心嗎？

……也許吧。

梁允樂的聲音彷彿來自很遠的地方明明就在眼前，凝望著他的側臉因為淚水而顯得氤氳，最後他轉向我揚起一貫的輕浮笑容，然而我的思緒卻定格在那一秒鐘他彷彿透露著哀傷的神情。

……梁允樂。

……嗯？

……如果難過，我也會安慰你的。

……在那之前，先笑給我看吧。

我看著梁允樂他時常都是耍賴的表情和張揚的笑容，然而一直到現在我仍舊忘不了那時候他眼中所來不及遮掩的什麼，有可能只是錯覺但說不定梁允樂其實很有深度。

所以說雖然很熟悉但仍舊無法等同於看清或者理解。

「妳那麼深情的注視著我，是不是應該付點觀賞費？」

「大概很苦惱吧。」小莓推推我的手要我繼續吃豆花，喝了一口湯早已經變涼，怎麼突然覺得有點甜，「妳就順其自然吧，對方膩了或者放棄了一切就會回歸原位，反正如果不透過妳也沒辦法見到允樂吧。」

是這樣沒錯啦……「回去吧，我睏了。」

「喔。小莓晚安。」

跟在梁允樂身後我又開始搞不懂到底誰是主人誰才是寵物，但突然有一種「原來梁允樂的背影長這樣」，就算意識朦朧也能準確無誤判斷出來「這個背影是他的」

但卻從來沒有認真端詳過他的背影，那股微妙的感受以極為靜謐的方式蔓延開來。

我所認為自己了解的深度和事實上確實明白的似乎有一段顯著的落差。

在我印象之中的梁允樂說不定只是我的假想，真實的他始終隔著一段距離，等著有人穿越那段果凍凝膠般的阻隔到達他。被困在中心的他。

我們每個人一開始都是包裹在這樣的透明膠體之中，成長的過程中逐漸用著不同方式形塑這個膠體，也許安靜的維持著透明卻阻隔的姿態，也許奮力掙扎試圖跨越凝滯，又也許調了不同色彩的顏料讓自己更加失真也更加隱晦不明。

但無論如何絕大多數的人都無法擺脫包覆自己核心的凝膠。

「梁允樂……」

「幹嘛？」理所當然的他轉過身看著我。

「沒事……」邁開方才停下的步伐我用著自語般的音量說著，「只是想確定一下你真的是梁允樂。」

04

我並非沒發覺有另一個人悄悄走進我們的愛情，我想我同樣無法拿捏信任的邊界，想著只要站在原地他就會回頭，等到他的背影已經離開視野才終於明白，正因為自己只站在原地一動也不動對方才會拖著腳步遠離。

在日曆上畫上一個叉，像是緩慢燒著但確實縮短的蠟燭十一月也逐漸往前推移，一個叉接著另一個叉像是逼近一般用著某種期待又抗拒的心情等候著十二月的來臨。其實我並不那麼喜歡十二月。

像是有些什麼必須結束，並且在來不及準備的同時也預告了某些開始。

梁允樂依然十足張狂地躺在沙發上，也是一樣絲毫沒有穿上衣服的打算，環顧房間一周其實只要忽略梁允樂的存在並沒有任何不同，沒有入侵沒有滲透也沒有暈染，他就只是在那裡。

在我生命之中的梁允樂也是這樣的存在。

扣除掉梁允樂這個因子，即使在人生中行走的方式會有些微不同然而那種差異卻是能夠被忽略的微小，但他仍舊在那裡，並且以最不安分的姿態站在最安分的位置。

真是莫名其妙的人。

走進浴室之前先看見放在桌上的粉紅色便當盒，因為怕忘記所以刻意擺在最顯眼的位置但卻顯得有些突兀，又看了梁允樂一眼明明都不屬於這個空間他卻沒有這種感覺。

空的便當盒裡原本放的是宇珊做的手工餅乾，本來很擔心她的積極但並沒有想像中驚風大浪，只是偶爾託我帶個餅乾點心或是在假日特地到住處接我出門和梁允樂簡單寒暄，說不定只是想看看帥哥而沒有其他念頭。

果然只要牽扯到梁允樂我就會不小心高估事態的嚴重性。

看了一眼腕錶今天是星期六，不怎麼賴床的他卻睡得極沉，似乎是進入忙碌的高峰期，安靜的走到門口我卻停下腳步，想了想還是決定把桌上的便當盒先收進背包裡，這樣無論如何都不會忘了吧。

輕輕闔上門，似乎是看見他稍稍翻身又可能沒有。

□

「欲擒故縱。」

「什麼？」

「妳同事啊。」我皺著眉看著小清喝下只加牛奶沒加糖的咖啡，嚥下之後她以滿足的表情看著我，「很高招啊。」

「說清楚一點啦。」

「不能太積極避免讓梁允樂留下負面印象，接著若有似無的送些點心塑造自己很居家又貼心的形象，三不五時到妳家接妳很普通的和梁允樂打招呼，就是要營造『我並沒有喜歡上你』的氣氛，大概是認為梁允樂會因此被挑起好勝心而注意起她。」

「怎麼被妳說起來每個人都變得很心機。」

「現在的社會連國小學生都心機來心機去，何況是成熟的女人，」小清看了我一眼，「不過妳算是例外啦。不太算是成熟的女人。」

「說不定真的沒有別的意思……」至少我希望是這樣。

「那在她認識梁允樂之前有沒有這樣三天兩頭送妳點心？」

我搖頭。宇珊說空閒時間最好的休閒就是睡美容覺。

「那她以前有沒有到妳家接過妳？」

我還是搖頭。因為宇珊說接人是男人的工作。

「所以囉，」小清一臉「不出我所料吧」的表情，「就說梁允樂是禍水。」

雖然小清是梁允樂的大學同學最後卻成為我最好的朋友，她也是梁允樂介紹給我的第一個女性，因為通過審核不會帶壞妳，梁允樂臉上掛著輕佻的笑容並用著自以為是的口吻說著。

……到底審核是什麼？

……大概是可以看穿那傢伙是禍水而且對他的發情免疫吧。

……發情？

……不覺得他一直處在發情的狀態嗎？不負責任的散發費洛蒙，然後笑著說「真是抱歉不小心吸引到妳了」。

……我怎麼覺得妳對他有點憤恨，妳也是被吸引過去的人嗎？

我還記得小清狠狠地瞪了我一眼。

而且一直到現在還是沒有回答我這個問題。

「那我該怎麼辦？」

「關妳什麼事？她的目標是梁允樂又不是妳，不過這種女人說不定會設法離間妳跟梁允樂。」

「為什麼？」又不是在演類戲劇例如綠色蟑螂窟或是菊花獅子鼻。

「因為沒有辦法百分之百確定妳跟梁允樂之間沒有關係吧，就算確認了也還是不舒服吧，只要想到有一個女人比自己還要了解對方就會燃起熊熊的火焰，更何況你們住在一起。」

怎麼我身邊的人就是分不清楚「住在一起」跟「某人賴進我家」的絕對性差別？但聽著小清危言聳聽的言論我不小心笑了，「我也想知道有什麼方法可以讓梁允樂不要黏在我身上。」

「真是一點危機意識也沒有。」

「是嗎。」

因為不想那麼辛苦的生活著吧。

要是連瑣碎的事情都要經過計算而採取動作，再簡單平凡的快樂也會顯得虛幻，雖然說前男友就是因為這樣的不經心而被搶走，但我想每個人都該負責只是因為我落單所以看起來像可憐的受害者。

並不是不怪對方，但意外的我發現自己生氣的並不是他變心而是他不該讓兩段感情混在一起。

……對不起，雖然聽起來像藉口但一開始我只是想藉由她讓妳不安而更在乎我，我明白妳對我的信任我應該珍惜，但在愛情裡信任與不在乎常常會相互拉扯，我沒有辦法清楚的分辨兩者的界線，但是我知道我不應該讓另外一個人進入我們的愛情。

嘆了一口氣我並非沒發覺有另一個人悄悄走進我們的愛情，我想我同樣無法拿捏信任的邊界，想著只要站在原地他就會回頭，等到他的背影已經離開視野才終於明白，正因為自己只站在原地一動也不動對方才會拖著腳步遠離。

我不要你走。

明明只要說出這句話他就會回頭卻無法開口。因為心中的某個區塊仍然相信他會因為自己而折返，而不是因為我的拉扯。

……我不想讓你陷入兩難，所以我們分手吧。

……對不起，還有、謝謝妳。

前男友轉身的速度異常緩慢，雖然心很痛但慶幸的是我和他的最後不只剩下對不起還能夠衷心的說出謝謝。

也許是因為這樣所以我還是想依照這樣的方式生活，迂迴的行走對我而言只是隱匿自己的真心而已，就算小清像分析師一樣拆解宇珊的動作，但她自己也不是直來直往的性格。

更何況對方是梁允樂。

「妳放心她很快就會行動的。」小清斬釘截鐵斷言，很有自信地看著我。

「妳要不要改行當命理老師啊？」

□

不知道找小清算命她會不會算我友情價？

我才剛打開門就聽見宇珊的聲音，**小茜終於回來了我等妳好久**，一邊走我納悶的心思劇烈的膨脹，不久前宇珊才打過電話而且清楚的確認過我不在家，但現在的故事劇本似乎是「宇珊來找我而我碰巧不在家所以她決定等我回來」。

「本來想找妳吃午餐的，結果妳不在家，剛剛就跟允樂到附近吃午餐了。」

「喔。」

宇珊說完我才想起自己手上還提著帶給梁允樂的午餐，剛剛還特地繞路到梁爸的店，但是在我決定轉身要把袋子塞進冰箱時梁允樂看了我一眼並且拿走我手裡的提袋，當作晚餐吧，這麼說著就走向冰箱。

又沒說是要給他的……

「抱歉嚇到妳了吧。」宇珊靠到我身邊偷偷的說，「聽到妳跟朋友出去，就突然覺得有機會跟他獨處，妳不會生氣吧？」

……妳不會生氣吧？

這句話也只能有一個答案。

但我卻沒有辦法肯定的說出「不會」。事實上雖然離生氣有點距離，但身處於這種情況下心情有點複雜，有點酸有點澀怎麼感覺類似於吃醋……

吃醋？看了一眼梁允樂我甩了甩頭。絕對不可能。

我猜應該是自己被利用了，但梁允樂卻還能自在的跟宇珊對話，所以覺得他不夠朋友。想到這裡我順便瞪了一下梁允樂。

「為什麼要生氣？」

「也是啦。」宇珊曖昧的笑了，「跟妳說我約了我大學同學，待會四個人一起出去好不好？」

「妳問過梁允樂了嗎？」

「所以要拜託妳提議啊，萬一我開口被拒絕怎麼辦？」宇姍看了一眼走回來的梁允樂，「拜託妳囉。」

早知道就不要那麼早回來了，反正某人肚子餓會自己出門吃飯根本不用擔心他沒吃飯。不過看著梁允樂冷冰冰的臉真的有點不習慣。

小清還說女人最喜歡這種拒人於千里之外的帥哥了，因為心中會冒出「他只會為我融化」的幻想泡泡。

但也不能要梁允樂突然回復輕佻的樣子，在已經有了冰山男的前提之下，這樣的改變只會強化女人心中「果然他為我改變了」的念頭。

人心真是難以捉摸。

梁允樂才剛坐下宇珊就伸過手在桌子底下推了推我的右手，我扯開笑容雖然在梁允樂面前假裝很可笑但宇珊會很滿意，我好想吃甜食我需要糖分來提振我的心情。

「你等一下要不要跟我們一起出去玩？」真像小朋友的問法，但沒差又沒有人真的在意。

「對啊，」宇珊立刻接過主導權，「上次說要幫小茜介紹對象但三個人去好像有點怪，如果你一起去的話剛好是雙數，小茜都單身那麼久了連我都有點替她擔心。」

所以結論是因為我需要男人才要梁允樂幫忙？

盡可能讓自己的臉上不要瀰漫無奈的顏色，我原先的計畫是和小清吃完飯之後就睡到晚上、接著黏著小莓吃晚餐我都已經想好要吃火鍋了，最後看完偶像劇就可以回家睡覺，果然計畫趕不上變化。而且通常變化都不討人喜歡。

結果宇珊就勾著我的手愉快的和梁允樂示好。

雖然就正常的社會結構關係而言，我應該站在中間才對不然梁允樂擋在中間也好，但強者宇珊很自然的就佔據了中央的位置，並且藉由勾住我的手牽制住我又不斷面向梁允樂拋出話題因此絲毫沒有移動的可能。

感覺就像是宇珊挾持我換取梁允樂的專注。

像是踩過我的感情伸手要抓住他。

總之宇珊不斷對梁允樂洗腦「小茜很需要男人」和「她很謹慎而且花了好多時間才找到適合我的好男人」，大概是想突顯她很為朋友著想的優點同時更重要的輸入「小茜從來沒有考慮過你喔」的意味。

到底為什麼梁允樂要乾脆的答應？

「他已經到了，我過去找他。」宇珊帶著自然的笑容看著梁允樂，差一點我都要以為她對他一點意思也沒有，但下一秒她轉向我壓低音量，「知道該怎麼做吧。」

「要做什麼？」難道宇珊在鼓勵我拉著梁允樂逃離現場？

「當然是在允樂面前誇獎我啊，像是很體貼啊或是很照顧妳之類的，最重要的是一定要強調我很多人追，非、常、搶、手。」

「喔。」

然後宇珊愉快的背影在眼前逐漸變小，我開始覺得腳被卡在陷阱裡拉不出來所以只好聽從陷阱主人的擺布。

「我們逃跑吧。」

「我不在意。」梁允樂聳了聳肩，勾起很妖孽的笑容，「除非妳打算明天就辭職，不然大概擺脫不了那個女的吧。」

「誰叫你沒事就在那邊招蜂引蝶又惹蒼蠅，還有你拒絕不就好了，幹嘛答應出來？該不會真的以為我很缺男人吧。」

「是很想拒絕啊，但說不定對方會是個適合妳的男人，」他說，「不是就算了，但如果是的話，錯過我會覺得很對不起妳。」

所以是為了我嗎？

看著梁允樂他總是會在細瑣的地方讓人感動，正因為不是刻意所以才會認為這個人將自己擺放在心中，無論是哪個位置但至少是被包覆著。

在眨眼的不經意之中想起的人往往比拿著相片回憶的人放得更深，也更密不可分。

所以、在梁允樂心中說不定我也佔據了很大的一個位置。如同他對我而言太過不可切割一樣。

「隨著時間流逝妳只會跌價而已，本來就已經很難賣了，再說妳找不到男人哪來的小小茜讓我玩，現在還可以勉強覺得妳有點可愛，但再過十年實在有點困難……」

怎麼會有這種人、我好想把那些感動扔到地上踩……要不是打不過梁允樂我發誓我一定會來個過肩摔再踹個幾腳最後整個人跳上他的肚子玩彈跳床的遊戲……

「在聊些什麼啊？遠遠就看見兩個人很開心的樣子。」來回看了我跟梁允樂發現沒人有接話的跡象，宇珊若無其事的繼續，「這是夏以亮。」

明明就是簡單又生疏的寒暄但四個人的位置很微妙的被兩兩配對，我只記得有一隻手從我背後推了一下接著就跳到眼前的畫面。

「走吧。」

走吧？

我越看越奇怪、越看越火大……

宇珊拉著梁允樂走在我面前就算了，她的手怎麼、怎麼會那麼順勢的勾上去，妖孽梁允樂為什麼不反抗？

「那男生是妳的朋友嗎？」

「嗯？喔、嗯。」

「宇珊說妳有點少根筋，所以要我好好看著妳。」

「看著我？」

要我在梁允樂面前講她好話，結果她居然在別人面前說我少根筋，這世界怎麼那麼黑暗我好想回家睡覺。

「我是她表哥的學弟，今天算是來執行任務的。」

「任務？」

「嗯。」現在我才有心思端詳他，簡單整齊的衣著長相端正但有點普通大概就是有氣質的路人的程度，「今天簡單一點，只要不去干擾她就好，以前還有假裝過追求她的男人。」

「為什麼要這樣幫她？」

「因為她表哥以前很照顧我，而她表哥對她的要求通常都會妥協，大概像是食物鏈吧。」

所以他跟我一樣都是被分配在只能妥協的層級，這樣想想梁允樂跟宇珊說不定是同類，也說不定是能夠相互牽制的關係，所以我是不是應該告訴梁允樂「不用在意我喜歡就和她在一起吧」……

才不要。

可是張揚的妖孽梁允樂配上花枝招展的宇珊剛剛好啊，你看你看從剛剛到現在都已經快要十五分鐘了宇珊的手還是掛在梁允樂身上，兩個人是很熟嗎？

怎麼辦我好想撿石頭往前面丟，最近我怎麼思想越來越暴力可是這也不是我願意的啊，正常人看見這樣的畫面都會忍不住想扔東西吧，吸了一口氣沒有逗點就算只是思考也會喘不過氣，前方的妖孽和妖女這裡是人間不知道男女並行要相隔三公尺嗎……

深呼吸、深呼吸努力把視線移到左邊右邊上面下面就是跳過前方的空白，但是避開不看的結果就是腦中小劇場賣力的加場熱映，最後我只好妥協讓目光轉回正前方。

「欸、你看著前面的畫面有什麼感覺嗎？」

「宇珊還真是積極，不過其實還滿相配的呢。」

「不會感覺心情很差嗎？」

「為什麼會心情差？」

我愣了一下對啊為什麼要心情不好，那妖孽殘害天下女性也不是一年半載的事情，這次碰上強敵應該要感到有趣才對啊，我記得上次他搬到前女友家的時候我還請小莓跟小清吃了一頓大餐，但怎麼現在越看越煩躁？

「大概是因為肚子餓吧。」

05

因為知道是他所以無須確認因為靠得太近所以相信他從來不會改變，然而突然有一天當某些什麼成為契機而重新凝望的瞬間，卻猛然發覺其實眼前這個自己以為靠得最近的人卻是自己最看不清的人。

最後帶回來的午餐也沒辦法變成晚餐。

就算吃了點心又吃了晚餐又在回家途中買了宵夜，我的心情卻越來越惡劣。尤其是看著梁允樂半裸著上身走來走去就更糟糕。

右手。

對、就是右手，宇珊一整晚黏著的位置。

抓起抱枕用力的往梁允樂丟去，他很輕鬆地躲開之後砸中我的熊於是它軟趴趴的倒在地上我好想踹梁允樂，但某人卻一點自覺也沒有躺在我的床上悠哉地轉著電視。

偉人說要將意念付諸行動才能成為成功的人。

所以我起身慢慢的走到梁允樂身邊，他瞄了我一眼自以為體貼的挪出一個位置，他真的把這裡當作他家然後我是他的女人很自然地跟他分享同一張床嗎？

我抓起枕頭不發一語的往他右手砸去，大概是發現我是真的想打他於是他趁隙抓住我的手，在我想抬起腳踢他之前他就用身體壓制住我，雖然說是不得已才會變成這樣的姿勢，但是他的臉僅僅隔著一公分的距離，他的呼吸他的溫度他的氣味和他緊繃的表情絲毫無法逃躲的映入我的雙眼。

一個男人在這麼近的距離看著一個女人心中會閃現什麼樣的思緒呢？

「陳璐茜妳是吃太飽嗎？」

是啊、在梁允樂的心中我從來就不是女人，即使分享同一張床維持在這麼曖昧的姿勢他所看見的我都只是那個好朋友陳璐茜而已。

即使只有這一秒鐘也好，希望至少在這麼貼近並且相互凝望的瞬間他看見的是身為女人的我——但，到底為什麼會有這樣的念頭呢？

到底是為什麼呢？

我的淚水很安靜的從眼角滑落。

沒有移動沒有聲音也沒有任何人示弱，然而在我心中某一塊角落卻開始動搖，眨眼與眨眼之間反覆的我看見愈加模糊的他。但無論如何他都是梁允樂。

在我生命之中的梁允樂因為越靠越近因而以越省略的方式注視著他，因為知道是他所以無須確認因為靠得太近所以相信他從來不會改變，然而突然有一天當某些什麼成為契機而重新凝望的瞬間，卻猛然發覺其實眼前這個自己以為靠得最近的人卻是自己最看不清的人。

於是又在另一個撞擊的瞬間明白，即使相信對方不會改變但自己卻已經成為另外一個人。

我對於梁允樂的在意已經超過了朋友的界線。

所以、再度確認之後無奈的發現對方的從未改變卻是最殘忍的事實。

意外的我居然沒有詫異的感受，或許是自己一直踏在臨界為了掩飾反而以最安全的姿態存在，只要斷卻所有可能那麼靠著他的愛情即使是背對也不會被驅逐。

然後，連自己也被自己騙了。

當有走近的男人只要身上帶有某些與梁允樂相似的角度或者光影，就會毫不考慮的推拒，或許是不願意承認，又或許是無法在那樣的光影之中繼續隱藏。

但是為什麼會在這一個凝望之中崩解呢？

我的眼睛眨啊眨的，淚水滑下臉頰留過雙耳最後也許沾濕了床單，然而在我眼前的梁允樂已經成為另外一個人又或許不是，而是我終於發覺在我心中他已經成為另一個人。

最後我閉上雙眼。

「我要睡覺了。」

梁允樂並沒有放開我的手也沒有移動的跡象，「妳沒有刷牙。」

「蛀牙的話小莓會陪我去看醫生。」

於是他終於鬆手。

說不定再度張眼之後一切又會被安放回原處了。

這一瞬間只是所謂的意外。

我感覺被棉被覆蓋而熊被塞到我的右手邊，被子裡的手緊緊抓住熊的手，燈被啪一聲熄滅下一秒傳來的是他的腳步聲與門被開闔的動作。

緩慢張開雙眼右手依然緊緊抓住熊，憑藉著微光我盯望著空蕩蕩的沙發，梁允樂在的時候總感覺他可有可無，然而當他確實走出這個空間之後卻異常的空蕩。

彷彿這裡就應該有他而他卻不在、這裡。

06

太過明白愛情裡的他是虛幻的；走進愛情的泡泡在最絢麗的同時就會破裂，而被震傷的彼此卻因為身旁空無一物而堅信身上的傷來自於眼前的對方。

這是第一次我意識到他的離開。

醒來的時候視線緩慢流轉在不大的房間甚至認真的聽著浴室是否傳來水聲，嘆了一口氣順手抓了幾件衣服走進浴室，旋開水龍頭雖然想學電影女主角用冷水狠狠淋澡，但其實沒必要這樣虐待自己而且都已經是冬天所以浴室因為熱氣越來越氤氳。

戳了戳自己的右胸口後來發現心臟不在那邊於是又戳了戳左胸口，有點痛是真的痛失手戳太大力了，甩了甩頭果然梁允樂是妖孽，才在這裡住個幾天就誘惑了我，一切都是他的錯都是他不應該沒穿衣服在我眼前晃來晃去，所以都是他的錯。

關水後浴室突然安靜得像另一個世界，身上的水珠不斷往下墜落依靠著剩餘的熱氣我感到有些昏眩，不管是誰的錯結果就是我被誘惑了。

唯一值得慶幸的就是今天是星期日。至少我不必見到宇珊。

仔細擦乾身上的水珠再用浴巾緊緊纏住頭髮，穿上衣服的時候卻仍舊沾濕了外衣，氤氳的水氣和不斷冒出的薄汗無論如何努力擦拭都徒勞無功，打開門的瞬間我感到一股顫慄竄進的不只是冷風還有梁允樂的氣味。

揮之不去的就要想辦法克服。

坐在沙發上明明就是用我的沐浴乳為什麼味道還是不一樣？

捏了捏臉頰現在這不是重點，抱著枕頭我開始思考到底為什麼我現在要這麼苦惱，一開始只是宇珊看上梁允樂然後我覺得很麻煩，接著宇珊越來越積極我的心情就越來越不好，再來就是宇珊的手掛上他的手那一瞬間，就有一種突然發現掉進陷阱的腳不是被繩子纏住而是被捕鼠夾咬住，然後就有點痛、痛的時候就吃東西彌補、彌補不了就攻擊梁允樂洩憤、洩憤不成反而被牢牢箝制的瞬間突然感到很委屈、委屈的小女孩就流下眼淚……

這樣推想起來很合理耶，我只是因為打不過他才哭到底昨天哪裡來的聯想自以為喜歡上梁允樂呢？

真是豁然開朗。

一開朗起來就肚子餓了。但我才剛站起身電話就以相當可怕的姿態響起，是梁家人專屬的鈴聲。

是梁媽媽。

「喂，阿姨有事嗎？」

「小茜啊妳跟允樂是不是吵架了？告訴阿姨我會好好修理他，不要不理允樂……阿姨跟妳說……」

然後我按下擴音把電話放在桌上，肚子好餓看來只好把冰箱裡的便當微波吃掉，一邊聽著梁媽媽裝得很失敗的哭聲一邊拿出便當，但是我的手才剛放上微波爐的把手卻傳來開門的聲音。

是梁允樂。

瞪了他一眼他晃了晃手中的早餐完全視「背景音」為無物，既然有好吃的早餐何必吃微波便當於是我從善如流的走到桌邊坐下，果然還是千篇一律的新鮮果汁配上雜草三明治。真好星期天特餐還有加上水煮蛋切片。

「你跟你媽說了什麼？」

「什麼都沒說。」
「什麼都沒說那她為什麼演得那麼認真？」
「昨天沒地方去就回家睡啊。」

無緣無故跑回家睡又什麼話都不說……梁允樂是存心想害死我就是了。
想罵他卻礙於電話另一端會聽見，所以我很寬宏大量的放過他，一口咬下雜草團我想起來冰箱藏了一瓶美乃滋，起身的時候不小心撞到梁允樂，他扶住我接著很安靜的看著我，比眼睛大嗎我就是眼睛小你咬我，扮了鬼臉轉身走向冰箱身後卻傳來他的聲音。

「妳昨天幹嘛？」

蹲在冰箱前冷空氣不斷打向我的臉，他語氣很淡的丟出這句話而迴盪在室內的是梁媽媽時而高亢時而哀怨的聲音，伸手拿了美乃滋關起冰箱門無論昨天的結論是誤解還是事實都不能承認。

因為他是梁允樂。

如果連我也淪陷的話，梁允樂已經夠膨脹的自信就會發揮到「他是天下無敵」的極致了。

「生理期脾氣暴躁不行嗎？」

「不是更年期我就放心多了。」

「你昨天為什麼要回家？」

「睡這裡萬一妳半夜謀殺我怎麼辦？而且我媽很久沒有打電話給妳，我怕妳們兩個感情變生疏。」

「不能認真一點嗎？」

背對著他手中我緊緊握著冰冷的瓶子，在我和梁允樂之間即使再關心再擔心也不會在言語中透露任何的訊息，然而我突然無法確定在他的動作背後所代表的意義是不是和我逕自的註解相符。

我們都以為看著對方擁抱著對方就能感受到真心，但彼此的心卻包裹在層層的血肉之下無法被看穿也無法被觸碰，所以我不看他也不看自己，至少能夠在這短暫的對話之中藉由言語擷取多一點真實。

「如果陪在妳身邊怕妳會愛上我。」

沒有戲謔沒有感情也沒有任何起伏因而我分辨不出真假。梁允樂是太過擅長隱藏真心的一個人，在真實與虛幻之間他總是不停留也不解釋，這麼多年來我開始學會自己下註解，例如這句話是謊話而那句話是開玩笑，因為相信眼前這個人絕對不會傷害我所以是真是假一點關係也沒有。

緩慢的我轉過身直視著他。

「梁允樂。」

「開玩笑的啦。」他流暢的勾起輕佻的弧度，「反正就是直覺自己不該留下來，妳需不需要我這點我還是能分辨的。」

所以我該不該接著問他，那我現在需不需要你？

「小茜啊、妳有沒有在聽？允樂早上就出門心情一定很不好，妳就不要生氣打個電話叫他回家嘛……」

「阿姨。」

「我一定會幫妳教訓我們家允樂，妳要不要來店裡讓梁爸做點好吃的給妳啊……」

「阿姨。」我很大聲的壓制住她的滔滔不絕外加拒絕接受資訊，「梁允樂現在坐在我家吃早餐。」

「唉啊真是、就說了年輕人床頭吵床尾和嘛……」

「媽。」

「允樂啊，你不要欺負小茜，快點定下來兩個人也該結婚了啊，我跟你爸——」

「媽。」梁允樂很俐落的打斷梁媽媽，一邊咬著三明治很不負責任的對著桌上的電話喊著，「我要跟小茜培養氣氛。」

「唉啊真是，改天一起回來吃飯啊，真是害羞現在的年輕人怎麼都那麼直接啊……」

直接什麼？梁媽媽告訴我妳腦袋裡的小劇場到底在演什麼劇碼？妖孽梁允樂吃東西就吃東西脫什麼衣服？天啊梁家人為什麼要專挑我下手？

「小莓……」可憐兮兮的我黏上小莓的身邊，她翻著食譜我也順便幫她翻到我喜歡的那一頁，但這不是重點我再度把目光投向小莓。

「又想來搭伙嗎？」

「這不是重點。不過天氣冷真的很適合吃火鍋，我記得妳的冰箱有泡菜。」

「妳跟梁允樂真的越來越像了，」小莓放下食譜看向我，「那重點是什麼？」

「那個……」我看了看小莓又看了看自己的手、看了看自己的手又看了看小莓……

「陳璐茜妳想吃素食清湯火鍋嗎？」

「才不要。」明明我就是姊姊怎麼老是被牽制，「就是我昨天做了一個夢，夢到、夢到我喜歡上梁允樂……」

「妳不是最相信說出來的夢就不會成真，那說出來了就沒事啦。」

「那個、比夢還要稍微清醒一點……」小莓冷冽的眼神射向我，「我發誓我沒有喝酒。」

「不要拐彎抹角，反正最後還不是要全部說出來，所以講重點。」

那又不一樣，拐彎抹角有著極為艱辛的心路歷程怎麼他們就是不懂我的掙扎，就像沒有前戲直接跳到主場不是很過分的一件事嗎？好吧小莓的類比技巧一直都不是很好。

「就是、就是……」我怎麼感覺小莓的眼中寫著「素食清湯火鍋」六個字，「宇珊拉我們出去雙約會，然後她掛在梁允樂身上，然後我心情就很不好，然後我就用枕頭打梁允樂，然後打不中可是又被抓住，然後我就不知道為什麼哭了出來，然後他就出門了，然後模糊之間好像得到『我喜歡上他』的結論，然後早上醒過來洗完澡又覺得那個結論怪怪的，然後今天他就當作什麼事情都沒有，然後我就問他為什麼要走，然後他就說他怕我愛上他可是又說是開玩笑，然後他又脫光說要補眠，然後我就好想掀開他的被子，然後我就跑下來了。」

然後了一大串好不容易說完但我發現小莓並沒有很在意，倒了一杯熱茶塞到我手裡坐到我身邊我又開始像信眾一樣請求小莓開示。

「之前不是也有一次妳以為自己喜歡上梁允樂，結果不是自己繞一繞就走出來了嗎？」

「可是狀況不太一樣……」

我很努力將那時的一切彌封在盒子的深處，不只因為梁允樂一句「妳知道就好」認真的緘口，而是那時的震動太過劇烈就連回想也是一種再現，亂七八糟的向小莓編了奇怪的理由，因為在那個擁抱之後我發現自己會因為梁允樂感到隱約的疼痛。我猜想或許那是我最接近真實的梁允樂的時刻。

唯一一次他在我面前痛哭。近乎崩潰。

雖然梁允樂在愛情裡總會看準時機抽身，然而人的一生無論如何精準總會有一次「陷下去也沒關係」的念頭，這些話都是從他口中說出來的。

就算知道跳下去會受傷但如果站在原地就永遠錯失那份風景。

沒有故事般的鋪陳也沒有詳盡的陳述梁允樂曾經在某個短暫的秋天安靜消失，在冬天接續之後梁允樂在校門口一句話也沒有拉著我往外走，接著、他緊緊抱住我。

……**我失戀了**。

從頭到尾就只有這四個字。他的身體微微顫動我想看看他卻被更用力的壓在他胸前，然後他開始劇烈哭泣，傳遞而來的悲傷並不是淚水也不是哭泣的聲音，而是以他內心作為起點的震動。

於是我整個人也被撼動了。

我突然意識到自己什麼都辦不到。

伸出手環抱住他，梁允樂只是認真的哭泣彷彿要將自己全部掏空一般的哀鳴，其實我的身體因為他太過用力而感到疼痛，但我想這樣的痛楚遠不及他的千分之一。

真正的疼痛是說不出口的。

「妳先弄清楚是因為不想要梁允樂被搶走還是喜歡上他吧。」

「小莓……」就算知道兩種感情不一樣但要是能簡單就分辨我也就不會那麼苦惱了。

「閉上眼睛。」小莓的聲音有點無奈但反正她三天兩頭在無奈。

「嗯。」

「開始想梁允樂。」

「要穿衣服嗎？」

「隨、便、妳。」好吧為了專心一點讓梁允樂包緊緊，「然後想像梁允樂跟妳說『我愛上某個女人了』。」

……但他愛上的並不是我。

突然我張開眼睛，對著小莓眨了好幾下，站起身我走進浴室關起門把整個人貼在門上，好冰但意識越清醒我就越焦慮。

我不要梁允樂愛上別人。

對了，一直以來因為抱持著「梁允樂不會對哪個人認真」，而且我從來沒有看過他跟哪個異性太過接近，因而推導出「他不會愛上別人而且我才是跟他最靠近的人」，宇珊的出現只是類似用力戳著我額頭要我清醒的動作，那份感情並不是突然萌生的。

我太過明白愛情裡的梁允樂是虛幻的，走進愛情的泡泡在最絢麗的同時就會破裂，而被震傷的彼此卻因為身旁空無一物而堅信身上的傷來自於眼前的對方。傷痕是愛情留下的。就算這麼說也沒有用處，**是你拿著愛情走過來的**，反覆喃唸這句話作為防衛。

因為還想相信愛情。所以寧可犧牲了曾經愛過的你。

但我無論如何都不想犧牲梁允樂、也不願意犧牲愛情，於是我們之間不能有開始。

只是說著不能開始卻仍舊無法逃躲自己已然站在起點的事實。

緩慢的打開門我知道小莓在等我。

「結論呢？」

「我不要梁允樂被搶走。」

「很好。」小莓像是問題解決一樣拍拍我的肩膀，「慢慢就會習慣了。」

「然後……」我用力深呼吸拉起放在沙發上的毯子蒙住頭，「我好像喜歡他。」

「妳說什麼？」小莓使勁把毯子扯開，原來她也有這麼激動的時候，小莓抓住我的雙臂狠狠盯著我，「陳璐茜妳再說一次。」

「我好像……喜歡他。」

07

緩慢的走近我伸出手從身後輕輕環抱住他，拿捏在輕微的碰觸卻不施加任何力量的程度，將臉頰貼放在他的背後，微微的溫度即使是傳遞溫暖給他卻感覺是自己汲取了他的熱度。

現在的氣氛有點像黑道老大要談判一樣緊繃，小莓不可置信的表情已經持續半小時，中場休息是因替接到電話趕來的小清開門。之後兩個人又逼我說了一遍，最後就是小莓跟小清一起用不可置信的表情盯著我。

我好想逃跑但絕對會被拎回來，嘆了一口氣總要有人打破凝滯的氣氛。

「幹嘛這樣盯著我看，不過就是喜歡上一個人嘛……」

「那個人是梁允樂。」

小莓和小清異口同聲大喊，小莓試圖平息自己的激動，小清的雙手反覆著握拳鬆開的動作，一開始我還覺得自己把事情想得太嚴重，但看見眼前像是要迎接世界末日的兩個人我突然覺得很有趣。

「可是小莓以前也喜歡過梁允樂啊，小清說不定也……」因為某人兇狠的目光投射過來所以我決定跳到下一句話，「現在不都沒事嗎？」

「我們好像太激動了一點。」小莓喝了一口茶似乎是接受了我的論調。

「可是說不定……」小清從兇狠的可怕瞬間轉變成陰險的可怕，帶著算計的笑容湊近我。

「說不定什麼？」

「就算對方是梁允樂也不能輕易的放棄吧。」

「什麼？」小莓涼涼的看著小清，看樣子焦慮又從她們轉回我身上。

「不覺得這樣很有趣嗎？」小清呼呼呼笑著，很舒服的靠在沙發上但眼神還是在我身上打轉，「妳去追梁允樂吧。」

……到底哪裡有趣？「為什麼？」

「先喜歡上的人先去追不是很正常嗎？」

「但妳們不是說他是梁允樂……」

「梁允樂很了不起嗎？」小清冷笑了一聲，「愛情裡是沒有身分和差距的，只有妳以及對方。」

……明明一開始就不是這樣的論調。「他又不喜歡我。」

「這又不是重點。」

「不然重點是什麼？」又不是路人某能抱持著「努力就有機會」，都已經認識十幾年而且又不是泛泛之交，「幾乎每天都相處在一起的兩個人要怎麼樣早就怎麼樣了。」

「妳還不是突然才發現喜歡上他。」小莓表示贊同地點了點頭，絲毫沒有搭救我的意願，「妳都沒看電視的嗎？某一方為了保全友誼而隱藏自己的真心，等到承受不了就帶著破碎的心離去，而另一方在對方離去之後終於發現自己的感情而追過去……妳的狀況只是『乏味版的偶像劇』，沒什麼事就突然發現喜歡上他，說不定妳告白就直接在一起啦。不過這樣真是無聊。」

「那如果他對我沒意思，這樣我不就失去最好的朋友了嗎？」

「梁允樂那麼擅長這種事，而且那麼無賴妳不用擔心這個。」小清突然想起什麼，「對了、不是還有一個心機女嗎？」

宇珊。我都忘記她也在裡面攪和，就不能直接掉一個王子讓我省略長途跋涉打怪獸的過程嗎？

「突然變得好有趣。」真是惡劣的女人，而我妹妹居然還能悠哉的喝茶，「小茜妳還不能告白，慢慢來這樣比較有戲劇張力。」

「我才不要告白。」

「好、非常好，有這種堅持就對了。」小清愉悅的拍拍我的手背，「所以我們要擬定計畫來測試梁允樂，也可以製造心動的畫面。」

……我們？

「小莓……」

「不是要吃泡菜火鍋嗎？吃飽才有力氣玩耍。」

……玩耍？

「對了也叫梁允樂一起來吃火鍋吧，先叫他過來然後說材料不夠小茜妳跟他一起去買。」

「為什麼？」

小清忽略我立刻付諸行動，小莓在我耳邊輕輕的說「都買妳喜歡的也沒關係喔」，雖然覺得應該要堅強抵抗但不過就是買個東西，而且事實上我根本沒有拒絕的餘地。

□

根本不到三分鐘梁允樂就大搖大擺的走進來，小莓和小清像是說好的一樣突然又回復剛剛的可怕眼神盯著我。

梁允樂在我身邊坐下我往旁邊稍微移動幾公分他又靠過來並且抓住我：「妳做了什麼壞事，讓她們這樣死命盯著妳？」

還不是因為你。

「放開啦。」拍開他的手，之前就算靠在一起睡也沒關係，怎麼現在只是貼著我坐就讓我有點緊張，「坐過去。」

明明就是同一個人，雖然不想承認但我可能很久以前就喜歡上他，唯一的差別不過就是「我發現了」，簡單的四個字卻讓世界開始亂七八糟的轉。

大概就像家庭劇裡因為不知道是父子的兩個人爭鬥來陷害去，突然得知「他是我兒子」就失憶一般忽略恨得要死的過去睜眼說瞎話演出「難怪我一直覺得跟他有種相識很久的感覺」內心戲。

所以我現在演的是「天啊怎麼會這麼緊張心跳還默默的加速」這類的小劇場。

「小茜說她有喜歡的人了。」小清輕輕扔出炸彈讓人措手不及。

「而且她剛剛哭到喘不過氣但就是不肯說是誰。」小莓溫柔地補上原子彈確保沒有敵軍生還。

「是嗎，」梁允樂並沒有特別的表情，對啊他本來就不會在意我的感情，我的胸口隱約泛著疼，低下頭他們似乎在講些什麼我聽不清楚，我只感覺到被誰拉著起身抬起頭我看見的是梁允樂戲謔的臉：「去買肉吧，吃多一點才有力氣談戀愛。」

這句話由他來說還真是莫名其妙。

總之我就這樣被梁允樂拉著走，盯著階梯但目光卻不由自主移往他確實踩踏的雙腳，兩個人用著相同的步伐朝著相同的方向到達的卻是不同的終點。

所以我的終點並不會有他的身影。

「我可以問你嗎？」

「怎麼追到對方嗎？」

……如果你想告訴我這個我也不會反對啦。「那個、你以前喜歡上的那個人，是什麼樣的人？」戰戰兢兢的說完瞄了一眼他似乎有些沉下的臉，「如果不想說也沒關係。真的。」

「為什麼突然想知道？」

一直以來我都只有「梁允樂喜歡上某人接著失戀了」這個概略的輪廓，幾乎百分之八十以上的愛情都是這樣的陳述，但我並沒有試圖得到更詳盡的脈絡，我始終認為他會主動傾訴，即使永遠不知道也無損我和他之間的感情，每個人總會有想要掩蓋的部分。到現在我依然這麼認為，只是身為朋友可以將他保留那則愛情故事視為隱私，轉換到喜歡的心情之後卻止不住探問的渴望。

連我自己都覺得有點現實，但當自己站在和故事女主角同一條向度線上就開始萌生拉扯。

至少、我想更了解愛情之中的梁允樂。

望了他一眼我們並沒有放慢腳步他也沒有扯開話題，突然我回過神再怎麼說他都還是梁允樂，一切都是幻覺明天醒來我就會發現只是自己單身太久亂發情。

「隨便問問啦。牛肉豬肉雞肉各買兩盒好了，啊有麻糬可以一起丟下去，如果加湯圓的話不知道會不會被小莓罵……」

為了扯開話題我努力的讓自己的注意力集中在眼前的食物上，雖然是自己開的頭，但我的身體突然湧升「我什麼都不想知道」的聲音，鼓譟得幾乎讓我以為全身骨頭都跟著震動，在還沒確定自己要如何處理「對梁允樂的感情」這個爆裂物之前，最好的方法就是避免碰觸他的感情。

「是朋友的女朋友。」

剛拿起牛肉的手僵直在半空中，因為離得太近冰櫃的冷空氣毫無遮擋竄進我的身體，梁允樂拿走我手中的牛肉放進籃子裡，像是閒聊一般開始他的愛情。

「我的原則是不招惹別人的女人、更何況是朋友的，但是每見到她一次腦子裡就多一遍『錯過會後悔一輩子』，其實聰明一點跑開就好了，只是那時候我才明白，有些時候就算知道前方是火也還是想衝進去。

「所以我就這樣看著，一次又一次看著她站在我朋友的身邊，其實到現在我也還是搞不清楚當時的我到底在想些什麼，克制著自己不能往前，又沒辦法逼往後退……我一直覺得會被愛情綁住的人都是笨蛋，但那時候我才發現並不是我太聰明，只是我還沒遇見讓我變笨的人……

「如果到這裡就打住說不定還能有人得到幸福……」他的視線落在不知名的遠方，而我卻只能沉默的凝望著他的側臉，當他終於願意拿出自己的時刻我總是只能看見有限的他的側臉，「我跟她告白了，接著就是很一般的內容，她開始在兩個男人之間動搖，我必須面對她跟我的朋友，三個人的關係越來越糾結，到了最後其實也分不清楚用力抓住的動作是因為愛情還是因為不甘心，所以我先逃走了，留下一團糟，讓三個人都受傷之後不負責任的離開，這樣的自己可能打從一開始就不應該愛人吧。」

緩慢的走近我伸出手從身後輕輕環抱住他，拿捏在輕微的碰觸卻不施加任何力量的程度，將臉頰貼放在他的背後，微微的溫度即使是傳遞溫暖給他卻感覺是自己汲取了他的熱度。

「梁允樂。」我放慢速度很輕很輕的喃唸，「那個時候我什麼都不能做，就連現在也是，但是至少、我會在你身邊。」

□

我的臉頰彷彿還留有梁允樂的餘溫。

盯著碗裡已經冷掉的肉片沒時間去哀怨梁允樂已經快把肉都挑完，像癱軟的充氣玩偶一動也不動，剩餘的力氣也只能用來將眼球移向左邊。梁允樂很認真在吃飯。

天啊我怎麼會做出這種事？

「妳不吃的話我要全部吃光喔。」

梁允樂用手指戳了戳我的臉，就是貼上他的那一邊，所以在他身體觸感的餘燼之中又被點燃一道火焰，然後開始大肆燃燒從那一點作為起點。

轉向他之後承接的是他將肉夾進我碗裡的動作，順著他的手順著筷子順著那些肉片，他用過的筷子碰到要給我吃的肉最後被我吃下去……深深吸了一口氣義無反顧的把碗裡的食物通通掃進嘴裡，幾乎天天跟他吃同一份食物都活到現在了，陳璐茜妳要堅持就算吃了他的口水妳也還是能堅強的活下去的。

「剛剛發生什麼事了嗎？」小莓的聲音讓我的腦袋有點昏眩。

「跟小茜說了我淒美的愛情故事，大概是太感動所以食不下嚥吧。」

「食不下嚥那剛剛像大食怪一樣吞進整碗肉是幻覺嗎？」小清冷哼了一聲，「梁允樂你去洗碗。」

「這是小茜的工作吧。」

「你的宿主變成這副德性，身為寄生蟲的你也應該有所貢獻吧。」

□

「發生什麼事了？該不會妳堅持不住告白了？還是被套出喜歡的人其實就是他？」

小清跑到我身邊用著壓低但極為震撼的聲音加上搖晃的力度成功讓我清醒，嘆了一口氣我搖了搖頭，小清放開手用眼神逼迫我坦白。

「反正就是他說了他以前的事情，然後我就有點難過，然後就想安慰他啊，然後等我發現的時候已經從後面抱住他，然後還說些有的沒有的話……」

我頹喪地壓住額頭，但小清卻愉悅的笑了，「這就是妳該訓練的地方，妳跟他感情那麼好，之前他沒事也會跟妳勾肩搭背啊，要自然、不管做什麼都要表現出很自然的樣子。」小清思考了一下，「就像那個心機女一樣，反正是妳的同事啊，可以就近觀察學習。」

「為什麼？」

「當然是為了調劑我們乏味的生活啊。」

……為什麼她可以說得那麼理直氣壯？「小茜，我也覺得妳應該自然一點，不管怎麼樣妳還想跟他當朋友吧，而且說不定過一陣子妳就發現是自己的錯覺、或是已經對他沒感覺了，至少留一段時間作為緩衝吧。」小莓果然還是覺得我在做夢，「記得要忍耐，晚上不要失控撲倒他喔。」

「我打死都不會撲倒他。」

「撲倒誰？」

一抬頭站在我面前的是梁允樂，小清跟小莓絲毫沒有接腔的打算，「要你管。」

「給妳一個忠告。」他帶著很誠懇的笑容注視著我，「要撲倒對方之前記得挑好內衣款式。」

梁允樂我要殺了你。「我愛穿什麼內衣不用你管。」

「我可是以專業的角度給妳建議吶，再怎麼說我可是每天都被迫看著妳晾在浴室的內衣……妳不知道浴室那麼潮濕會長黴菌嗎？可是一想到妳也會不好意思不敢晾在陽台就覺得好心疼，為了報答妳收留我改天我買幾套送妳吧。」

我怎麼會喜歡上這種惡劣的男人？「不、需、要。」

「小茜妳就不要拒絕了，梁允樂見多識廣眼光應該不錯，」小清露出很邪惡的笑容湊近我耳邊，「讓他選自己喜歡的內衣不是省事很多嗎？」

——這是個瘋狂的世界。

——不是他們瘋了，就是我瘋了。

張愛玲果然是偉人。

08

即使說著當朋友就好，擁有友情就永遠不會失去，但人並沒有辦法抓握著遺憾坦然的走下去。在放開之前那裡存在的就是一處空缺。

空蕩。而他就站在空蕩的前方。

食髓知味。

不管是宇珊還是小清。

前者因為上次的雙約會得到和梁允樂親近的機會，所以不斷在公司對我施壓，後者覺得越來越有趣又剛好聽見我接起宇珊打來的電話因而脅迫我說出「我可以帶我朋友一起去嗎？」

腹背受敵。我說的是我。虎視眈眈。我說的是宇珊。落井下石。這當然是小清。

如果我高中就能這麼流暢的使用成語會考上台大也說不定。

氣質男跟上次長得一樣，好吧就算他跑去整型我大概也不會發現，雖然我有提議不必麻煩人家反正加上小清也是雙數，但宇珊堅持用「為了讓小茜和對方培養感情才特地規劃」作為不敗的理由。總之這次的分組一樣是分成「梁允樂和宇珊」以及「其他的人」兩組。

從那次「雙約會」之後宇珊的動作稍微明顯一點，從「給小茜的東西允樂也一起吃吧」變成「這是給允樂的小茜不准偷吃」、要到梁允樂電話之後也不必透過我傳話而是跟我「分享」她和梁允樂的最新互動、出現在我家也省略先打電話給我的動作……

簡單的說就是我已經沒什麼利用價值了。

要不是梁允樂總是回絕和宇珊出去我大概早就被放逐到邊疆了。「和允樂住在一起的女人」這個標籤宇珊似乎很想撕下來貼到自己身上。

「百聞不如一見。」小清發出讚嘆看著一樣走在前方的宇珊和梁允樂，「特地選一間至少得走十五分鐘的店，那就表示她最少可以黏在梁允樂身上半小時，關鍵半小時果然她不是普通程度。」

「那妳要不要跟她交朋友？」

「有人跟生態觀察的對象當朋友的嗎？」我想小清大概很想作筆記或是拍攝紀錄片，就像那種看見蟑螂散步先拿的不是拖鞋而是放大鏡的學者一樣，「那妳要不要勾著聯誼對象的手走到他們前面，說不定會刺激梁允樂的愛。」

「他跟我每任男朋友都很熟，如果有愛早就被激發了。」

但也說不定怕重蹈覆轍所以努力在忍耐希望我能幸福……想太多這是不可能的，我都已經單身一年多了而且同住那麼久他都沒有下手，可是他天天只穿內褲走來走去說不定是希望我主動撲上去作為一種確認……

啊——這樣下去我一定會精神錯亂，用力呼吸收拾心情但下一秒鐘視線就移轉到前方的刺眼畫面，既然知道宇珊對他有好感為什麼不堅決推開呢？

「心很痛吧？」

「才不會。」

「嘖嘖、我懂我真的懂。」我都不懂了小清到底懂什麼？

「欸，為什麼梁允樂明明知道宇珊喜歡他還讓她上下其手，這樣不是擺明了給她信心嗎？」

「嗯……有很多可能。」小清摸了摸下巴又露出算命師一般的表情，「第一、梁允樂是發情的豬所以只要是母的都好。第二、懶得拒絕反正對方長得也還可以。

第三、勉強維持關係為了讓妳能跟聯誼對象好好發展。不知道閣下喜歡哪一個啊？」

「第一跟第二差在哪？」

「程度上的差別。」

總感覺答案是三個選項以不同比例分配的複選結果，例如一比二比一所以大概還有百分之二十五留給我。就是朋友道義之類的。

「我終於聽明白了，小茜也喜歡梁允樂啊。」一直被晾在旁邊安靜走著的氣質男居然默默蒐集資訊順便分析，帶著恍然大悟的表情又摻進一些同情看著我。

「就算你是心機女的朋友，如果你敢說出去你就完蛋了。」小清很夠意思的幫我威脅對方，但下一句讓我又徹底放棄所謂友情的溫暖，「目前還需要心機女，不然就不好玩了。」

結果分組又出現很微妙的改變，小清和氣質男似乎很合，宇珊又設下結界生人勿近，而被作為聚會圓心的我只能看著圓弧上的他們愉快談笑；無論是誰彼此的距離都能夠被改變，也許加快或者放慢腳步而漸近漸遠，然而我的停留我的奔跑我的旋繞和每個人永遠都維持著一個半徑的長度。

無法被改變的堅定。卻也是不能被竄改的遙遠。

□

終於坐在餐桌前但這就等於逼迫我近距離面對宇珊和梁允樂的熱切往來，好吧雖然梁允樂很敬業的維持冰山臉但根本一點用也沒有，反而像是鼓勵宇珊「越艱鉅的山越有征服的價值」。

為了維持冷漠形象的一貫性梁允樂當然也不會和我有太多的互動，這種心情真是複雜，既不希望他對每個女人都一樣好，也不希望他對自己像對其他女人一樣冷淡。說到底就是巴望自己是獨一無二特別又不可取代的絕對性存在。

好不容易盼到宇珊離開座位，像鬆懈一樣我差點癱軟在桌上：「我想回家。」

「妳身體不舒服嗎？」

梁允樂伸出手我也自然的把頭抬高，然而下一瞬間他卻收回動作而我已然定位的等待也同時落空，我突然有點恍惚因為他總是自然的用掌心量測我的溫度，我怔怔的眨眼而不安逐漸蔓延在身軀之中。

……被察覺了嗎？

我從來就不是一個擅長隱匿情感的人，更何況他是始終在我身邊的梁允樂。

「她肚子痛。」小清在桌下搖了搖我的大腿，「出門前就不舒服了，但不想掃興還是一起來了，你先帶她回家吧。放心啦反正主菜都已經吃得差不多了，甜點和飲料我會負責不用擔心浪費食物遭天譴。」

「怎麼了嗎？」慢慢走近的宇珊雖然用著誰答都可以的語氣最後目光卻定格在梁允樂身上，半撒嬌的靠向他。「該不會在背後說我壞話吧。」

「小茜身體不舒服，梁允樂要先帶她回家。」

「很不舒服嗎？」接著宇珊看向氣質男，「以亮可以麻煩你送小茜回家嗎？雖然有點突兀但也可以趁機獨處吧。」

先支開我跟氣質男，回家的時候要撇開小清對宇珊而言也不是難事，最後真正得到兩人空間的其實是她。光想就感到煩躁。

而且梁允樂絲毫沒有開口的跡象。

到底是認真的想撮合我跟氣質男還是他根本就想跟宇珊獨處？

「我可以自己回去。」站起身我的語氣顯得有些急促，「只是精神有點差回家睡覺就好，那我先走了。」

轉身頭也不回的離開那張餐桌，我並不是一個這麼果斷的人，這是我這輩子第一次站起身說離開就離開，但是只要多一秒鐘或是哪個人多說一句話或許我就會坐在位子上忍耐到結束，或是和另一個被利用的人安靜並行最後安靜道別。

本來不打算這樣的……

我以為自己可以忍受，可以慢慢讓這份情感淡去，然而我高估了自己也低估了愛情，我沒有堅強到能夠承受那麼近卻不可及的遙遠。

原本和自己以如同貼著背談笑的姿態存在著的梁允樂，卻像設下結界一般忽然相距了無法跨越的深谷，而在對岸卻有另一個人依偎在他的胸口聽著我所聽不清楚的心跳聲。

愛情並不是一種比較性的存在，例如安慰著自己至少我還可以排在第二順位或者我也只比另一個人少了五公分，愛情是絕對性的領域，屬於以及不屬於。一種能夠被獨佔的感情。這就是人永遠無法屈就於友情的根本。

即使說著當朋友就好，擁有友情就永遠不會失去，但人並沒有辦法抓握著遺憾坦然的走下去。在放開之前那裡存在的就是一處空缺。

空蕩。而他就站在空蕩的前方。

「陳璐茜。」

巨大的抓握扯住我的右手，疼痛感在間隔之後才猛然爆裂，皺起眉我看見的是他。

梁允樂。

淚水如同被旋開的水閥劇烈流出，模糊的身影不會錯認我卻只能站在原地不斷的哭泣，梁允樂鬆開手覆蓋上我的額頭，方才未完成的動作在預期之外得到接續，那麼我的等待是不是也能夠被他承接？

「怎麼了？妳怎麼連哭都可以這麼難看。」擦去頰邊的淚水卻又再度沾濕，他重複著這樣的動作從來就不會要我不哭，「揹妳回家嗎？」

往前跨步我緊緊抱住他，我的哭泣或許能藉由震動傳進他的心中，如果能夠有那麼一點朋友之外的心疼。

「我肚子好痛，真的好痛……」

梁允樂揹著我緩慢走在微暗的街道上，沒有月光沒有行人也沒有路過的貓，靠在他身上我輕輕抽著鼻子，揉合著複雜的心思我看著他身體不完整的畫面。

就是因為總是靠得那麼近所以我根本看不見他的輪廓。

晃著腳腦袋因為劇烈哭泣仍舊感到昏眩，才剛下定決心要暫時擱置對他的感情，畢竟來得太突然而且我也很懷疑那一瞬間我所得到的結論到底是不是答案，零點一公分的距離目光與目光的交會那是我第一次那麼近而直接看向他。

如果對象是路人我就不需要考慮那麼多，就算只是好感也可以試圖升級為喜歡，想獨佔或是喜歡其實很多時候我們根本分不清楚，就像每個人都想要的高跟鞋自己也奮力加入搶奪，動力到底是自己喜歡還是為了勝過其他人的優越可能也不那麼重要，直到穿上的那一刻發現那是一雙咬腳的鞋子卻因為他人的欣羨而無法脫下，只能掛著笑容忍受著疼痛。

但前提已經不成立了。

正因為是梁允樂所以不得不仔細分辨，嘆了一口氣對啊就是因為是梁允樂所以也不會等到現在才想霸佔。此題僅有唯一解。

「不知道嘆一次氣會多一條皺紋嗎？」

我明明就嘆得很小聲。「你幹嘛跑出來？」

要追也是氣質男被宇珊逼出來追吧。

雖然很火大但我真的不討厭宇珊，就算耍了很多手段但也算是積極爭取的一種吧，當然我知道常常標靶是我但莫名的就相信她不會傷害我（頂多是努力讓我跟梁允樂不要那麼要好），可是想想也很正常，就算自己有一個那麼要好的異性朋友卻無法忍受對方身邊有類似的角色。

發自內心懷疑他們之間不會有純友誼，但又拍著胸脯保證自己跟朋友沒有任何曖昧。

愛情裡果然存在著多重標準。

不過我想往後再怎麼善意也無法相信男女的純友誼了，因為連我自己都淪陷了。

「如果妳倒在路邊我不是更麻煩嗎？」

「你擔心我嗎？」

「我比較擔心路人。」

「梁允樂……」

我盡可能擠出哀怨的聲音，就算他從小嘴巴就壞，但被朋友調侃無所謂被喜歡的人調侃就會很想撞牆，雖然他具備雙重身分而我耐受力又格外的強，至少在這種低落的時刻我仍然想博取一下他的安慰。

「怎麼可能不擔心妳。」

「再說一次。」

「為什麼？」

「再說一次嘛，我現在心情很差肚子很痛又沒吃飽你都不知道我有多可憐……」

「我很擔心妳。」雖然聲音小了一點但我的淚水默默的又掉了下來，不想讓他發覺卻滴落在他的身上，「為什麼肚子痛？又亂吃東西嗎？」

「生理痛啦，不知道女人很辛苦嗎？」

抹了抹眼淚，在梁允樂身邊想感性想氣質都沒有辦法。我想我要開始想新的藉口，不然遲早會被梁允樂計算出來我幾乎每星期都在生理期。

「為什麼心情很差？」

……因為看見妖女黏在你身上但是你卻沒有揮開。因為妖女要嘍囉送我回家你沒有吭聲。因為我不想愛你卻又愛上了你。因為我想愛你卻又沒辦法說出口。

每個因為都不能說，因為每個因為裡都有他。

「如果你喜歡上一個人，可是考慮很多一直猶豫最後要怎麼決定衝過去還是退回去？」

「不知道。如果知道那時候就不會那樣了。」

「我的意思是說，至少你現在已經長大了啊，總會有新的方法吧。」

「大概不會有其他方法吧，就算重來一次我想我還是會衝過去，我寧可後悔也不要遺憾，所以只要不是小莓的男人或是我爸，喜歡當然就是要衝啊。」

「我才不會喜歡上你爸……」什麼爛例外，「所以你的意思是，鼓勵我去……」追你？

「嗯。算是吧。」

「就不能肯定一點嗎？算了，那……如果、我是說如果當然不是真的，如果我喜歡上的是你……這只是假設你千萬不要想太多，只是因為你剛剛的例外裡沒有你，唉啊總之就是如果是你呢？」

「不知道。」他很不負責任的笑了，「等妳跟我告白的時候我就會回答妳了。」

「誰會跟你告白……」這句話尾音完全虛掉，為了避免被看穿所以我開始裝虛弱，「肚子好痛喔……」

「快到了啦，妳以為揹著重物能走多快，就算是冬天妳也不用這樣認真的吃吧，小莓能買下店面就是因為她的伙食費只有妳的三分之一。」

「明明就是貸款，而且我又不開店不吃掉省那麼多錢做什麼？」

「妳歷任男朋友大概都是被妳嚇跑的。」

「反正你還在……」我愣了一下而梁允樂停下腳步我的呼吸幾乎中止，幸好發現是因為他在拿鑰匙，「既然到了就放我下來啦。」

「離妳的床也沒幾步路，不要亂動啦。」

接著梁允樂把我放到床上，我吞了一口唾液接下來劇情應該是……我張大眼睛盯著他脫了上衣又脫了褲子然後爬上床……

「你要幹嘛？」

「我付出勞力換床睡很合理吧。」

付出勞力……例如什麼什麼之類的嗎？擰了自己大腿，好痛真的好痛不小心又失手，他說的當然是揹我回家我到底在想些什麼。

「你沒有洗澡。」

「那妳有洗嗎？」

抱著肚子我蜷曲成一團，「好痛我的肚子好痛……」

「為了照顧妳我怎麼能離開呢？睡吧。」

「關燈……」好吧我又輸了，如果梁允樂認真天天爬上床來我想他根本不必睡沙發，「過去一點不准碰到我。」

陳璐茜妳要堅持、妳千萬要堅持，不能絕對不能撲過去……

□

張開眼睛因為昨天哭得太賣力有點睜不開，但用力撐開雙眼就看見某人躺在我的左邊。裸體。

嘆了一口氣很無奈的我走下床，就算昨天哭到像天要塌下來一樣，但我本來就是很容易看開的類型，就像現在我已經開始告訴自己「就算梁允樂真的和宇珊在一起也是沒辦法的事」，而且我又再度下定決心打散自己對他的感情。

雖然想到自己有可能不定期來這樣一趟「接受、壓抑、暴走、又再度看開」的迴圈，但人生也不是那麼簡單就能應付對吧。

穿好外套從衣櫃拿出衣服已經七點多我很乾脆的決定用香水來掩蓋昨天沒洗澡這個事實，聽說法國人不愛洗澡也一樣是最性感的民族，說不定這樣去上班反而有人追求，費洛蒙不洗掉才能累積成為吸引力之一啊。

好吧我只是在自我說服。

才剛推開門就聽見門鈴聲，小莓大概忘記帶鑰匙，隨手把衣服放在旁邊要是被她看見我的金魚眼一定又會被罵，然後回頭去製作號稱可以幫助眼部血液循環的雜草餐逼我帶去公司吃，打開門才想接過小莓手上的袋子手卻卡在一個很詭異的姿勢，誰也沒有說話我眨了好幾下眼睛才確定站在我前面的人是妖女，不、是宇珊。

「怎麼了嗎？」

「因為昨天妳好像很不舒服，所以今天特地早起來看妳。」雖然是這樣說但宇珊也染上把我家當廚房的壞習慣毫不猶豫的走了進來，「允……妳不是說妳睡床允樂睡沙發嗎？而且他是沒穿衣服嗎？」

要不是梁允樂還在睡覺宇珊大概會用高亢的喊叫來表述她的疑問，我嘆了一口氣順便摸摸眼角看是不是多了好幾條皺紋，沒關係至少宇珊看見的不是梁允樂沒穿衣服跟我一起睡在床上，這麼一想就覺得事情簡單多了。

「我昨天把床讓給他睡。」

「為什麼？」

我愛睡沙發愛睡地板甚至愛睡浴室妳咬我啊？「因為猜拳輸了。」

「那他沒穿衣服嗎？」我想這個問題才是宇珊的重點，反正確認了我跟梁允樂沒有共享那張床就算我以金雞獨立的姿勢睡覺她也不會有意見。

「他有穿褲子。」雖然是內褲不是長褲但不到最後關頭不給敵方詳盡資訊是作戰第一要點。

瞄了一眼睡得很安穩的梁允樂，雖然平時睡相不差我還是很害怕他突然踢被子，努力擋在宇珊面前但沒辦法我就是比人家矮，而且我突然想起來我還穿著睡衣也沒梳洗而要趕走宇珊只能我跟她一起去上班。

進退維谷。我不得不進浴室但天知道我關起門之後宇珊會對梁允樂做些什麼，趁人睡覺時偷吻雖然是老梗但是偶像劇不敗橋段，可是為什麼我就沒想到這一點呢……甩了甩頭這不是重點，站在我面前的宇珊才是重點。

「快點去換衣服啦，遲到怎麼辦？」

「喔。」

找不出反駁的理由只能走進浴室以我畢生最快的動作完成所有清潔與更衣，但腦海中揮之不去的是宇珊慢慢的走向梁允樂，傾下身輕輕貼上他的唇，而睡夢中的梁允樂則反射性的抱住宇珊，接著宇珊就……

用力打開門我看見宇珊站在剛才坐的位置和床中間的位置，完全沒有線索可以判斷她是還沒到達還是已經折返，宇珊看了我一眼並沒有驚慌也沒有不自然，但這本來就是她擅長的部分，偷看一眼梁允樂好像沒有移動過位置，勉強當作宇珊沒有成功好了。

「允樂睡著的樣子好可愛喔，跟平常不太說話的樣子差好多。」

如果宇珊知道梁允樂的個性其實跟冰山截然不同會有什麼反應呢？

因為是梁允樂所以沒關係？不能忍受這樣和自己喜歡上的人完全相反的樣態？或是打從一開始就只是想要梁允樂這個人的樣態？

「沒注意。」在分隔線之前我才不會無聊到看他的睡容，在分隔線之後我根本不敢看因為怕自己失控，所以其實我從來沒有鉅細靡遺的描繪過他的臉龐，「走啦，會遲到。」

「我剛剛有順便幫他買了早餐，放桌上他應該會看見吧。」邊說宇珊邊把早餐還有大概出發前就已經寫好的便條紙仔細黏好，我記得她一開始是說擔心我那為什麼我沒有早餐？看來她根本就是計算好的。

「我妹等一下會幫他送早餐來。」

看見宇珊猛然射過來的眼神我好想偷笑，梁允樂這幾年來幾乎每天早餐都只吃小莓的雜草餐，反正他們兩個的論調就是至少早餐要養生健康，但這件事宇珊絕對不會知道。

就放著吧。反正梁允樂不會吃的。

原來偶爾當壞人感覺還不錯。

「妳妹？她也跟允樂很好嗎？」

「我妹喜歡梁允樂。」小的時候。

「那……」宇珊似乎在斟酌用字，可能害怕得到梁允樂也對小莓有好感的答案吧。但這樣想想就有點罪惡。

「陳璐茜妳不用去上班嗎？」

梁允樂的聲音突然冒出來我和宇珊都嚇了一跳，但宇珊立刻掛起很溫柔的笑容，「抱歉，吵醒你了嗎？因為擔心小茜所以我就過來了。」

哼。

「妳下去的時候跟小莓說我今天喝果汁就好。」

梁允樂並沒有理會宇珊的打算，翻了身我看見宇珊的臉色沉了下來，她提起早餐連一句話也沒說就轉身走了出去，我只好跟著出門還要提防她暗算小莓。

「妳為什麼沒有跟我說過妳妹的事？」

「嗯……」

因為我剛剛才想到啊，但我的罪惡感開始作祟也不想將小莓牽連進來，況且還是沒辦法排除梁允樂對宇珊有好感的可能，無論是哪一個理由我都不應該這樣，果然人太正直就註定走得比較坎坷。

「反正他們不可能啦，梁允樂只把她當妹妹而已啦。」

「那妳呢？」

「我？」

「昨天妳才剛走，他就立刻跟著出去連說一聲也沒有。」

「就、就把我當妹妹啊，不然還會是什麼？」

「是嗎？」宇珊瞄了我一眼像是暫時接受我的說詞，「他沒有打算找房子嗎？」

「嗯？」

「當然是搬出去啊，不然要一直住妳那嗎？再說，他交了女朋友之後，對方也不會接受吧。」所以宇珊的意思是她沒有辦法忍受。

「很快就會搬走吧，」心有點痛但都已經決定看開了，「就算沒找房子，交到女朋友之後也會搬過去吧。」

「也是。」

他很認真地注視著我，無法移開目光我只能完全承接他的情感，心有點痛但他不得不說我也不能夠不聽，「我並不是想拒絕妳或者妳的愛情，但至少我現在並沒有打算愛上誰。」

這到底是怎麼一回事？

才剛走到小莓店裡小清就像山賊一樣把我抓住扔上計程車，很俐落的關上門接著愉悅的對我揮手，就這樣看著我被長得很像山寨二當家的司機大叔帶走。

試著問司機大叔「我的」目的地在哪，但他居然用著跟小清很像的呼呼呼笑容故作神秘，還一臉曖昧的對我眨眼，雖然還經過後視鏡這道阻隔，但我總感覺毛骨悚然。

當我開始辨認四周的景物司機大叔就催促著我下車，當然沒忘記收錢，既然安排好整趟路途小清不是應該也先結帳嗎？認命的付錢下車眼前是很面熟的大樓然後右前方站著一個很面熟的人。

司機大叔已經在我追不到的距離外，其他計程車沒事也不會開到這裡，嘆了一口氣這裡是梁允樂的公司，他已經朝我走來。

「你可以跟我解釋為什麼我會在這裡嗎？」

「吃飯啊。」

「回家吃不就好了。」

「反正小清說妳要請客當然要吃好一點吧。」

「為什麼我要請客？」

「今天妳不是領薪水嗎？」勾起不容抗拒的妖媚笑容梁允樂拉著我往前走，看來他連餐廳都已經盤算好了，「走吧。」

就說底細被摸得太清楚絕對是戰敗的原因，我的發薪日這些人記得比我還要清楚，我猜這也是小清安排的「狀況劇」之一。就算我天天跟梁允樂獨處，但我常常是不去想就會忘記的人，所以知我甚深的小清十分刻意的製造「不熟悉的場景」並且強調「只有妳和梁允樂喔」以確保我全程都記得這件事，只要無法忽略，我的反應就會失去順暢。小清喜歡的就是這個。

梁允樂不可能沒發現我反常的表現，但至少他還處於保持沉默的狀態。

我看著被梁允樂拉著的手肘一直以來就是以這樣的方式帶著我走，不管前方有什麼只要有他在身邊我總是放心的跟著他，雖然是個自我中心的人但似乎中心裡偶爾會有我。

家人。看著他的身影對他而言我就是這樣的存在。

走進餐廳聽見梁允樂輕鬆的說出「有訂位」，跟著服務生走到窗邊的位置一直到坐下餐桌上只剩下兩個人我才明白這不是小清起的頭。

梁允樂翻著菜單正是如此安靜的凝望才能分辨出差異，通常的他總是會邊翻著菜單愉悅的談笑，但這一秒鐘只剩下紙張與紙張摩擦的聲響；忽然他抬起頭眼神對上我的，他沒有表情而他眼中的我同樣也沒有表情，以為他要說些什麼卻只是伸手請來服務生。

「你心情不好嗎？」

「不想說的事情我不會追問，只要妳直接告訴我妳不想說，」他直視著我不留給我任何迴避的空間，「我不喜歡妳假裝沒事。」

梁允樂不喜歡拐彎抹角，也不喜歡隱瞞或者假裝至少在我和他的關係之中從來就是直來直往，一個動作的不連續就足以挑起對方的注意，他願意忍耐到現在才說也是一種他的體貼。

「宇珊……」相反的面對重要的事情我總是喜歡拐彎抹角，即使明白那麼迂迴那麼輾轉最終也是相同的結論，但我卻需要藉由一步一步前進累積自己的勇氣，「你知道她喜歡你吧。」

「所以呢？」

「她不喜歡我跟你那麼親密。」我並不是想離間而只是想要確認梁允樂的心情，「雖然從以前開始你就不跟我認識的人交往，但其實連我自己也覺得對你不公平，無論認識或者不認識，沒有一個女人希望自己的另一半存在一個親密的異性，只是因為從來沒有接觸過你的女朋友所以忽略這件事，如果、如果你也對宇珊有好感的話，我不希望你因為我而拒絕。」

這些話是我的真心也是一種試探。

並不是要試探在愛情和我之間他會如何取捨，而是想要知道那個位置是不是已經貼上了誰的標籤。

「小茜，愛情對我來說可有可無，但妳不是。」

「可是……」

「雖然我一直談戀愛看起來像是沒有愛情或者沒有女人不行的樣子，但那也只是為了讓自己不要感到太過空虛而已，遇見一個女人然後談所謂的戀愛，一開始會覺得好像填補了一些什麼，至少身邊有一個人還有一份愛，但是愛情本來就不是這麼表層的自我滿足，當對方的需要開始超出我想要給予的程度之後就像把一開始填進的東西挖走一樣，甚至還帶走更多，結果只是越來越空虛。

「雖然知道這樣可能會變成惡性循環，但談戀愛對我來說仍然是能得到安慰的最快方式，就算這麼說很殘忍，但因為對方是自己能夠輕易轉身離開的人所以覺得無所謂。」他淺淺的沾了一口冷水，修長的手指停留在杯緣來回觸摸，「所以對於妳的朋友，就算有好感也沒有意義，更何況沒有。」

「可是你沒有拒絕過她。」

「她是妳的朋友。」梁允樂扯開淡淡的笑容，「那天不是說妳有喜歡的人嗎？妳的生活那麼固定突然出現的男人也只有她介紹的那個，所以我也沒辦法推開她順便毀了妳跟那個男人的機會吧。」

所以梁允樂是為了我和氣質男才不推開宇珊，但是……

「我喜歡的人又不是那個男的。」

梁允樂抬起眼看我，我低下頭用叉子攪拌色彩鮮豔的沙拉，完全摧毀原先的質感之後我還是決定推到他面前。很多東西並不是不能忍受，而是當有個人能夠無條件接受自己所討厭的事物，彷彿就能在心中放大成為一種承接，在悲傷或者窒礙難行的時候他也能夠拉著帶著陰晦的自己。

「為什麼能夠覺得對方是轉身離開也無所謂的人，再怎麼說也是有愛情才能彌補一點空虛不是嗎？」

「就因為是愛情。」

安靜的凝望著梁允樂其實我不明白他的話意。

「只要用不愛了當作理由就能夠簡單的解釋離開，至少這是將傷害降到最低的方式。」

「不覺得很不負責任嗎？」

「一開始就明白的說了，千萬不要在我身上冀望永遠。」

「可是就算這麼說，因為愛上了所以會希望自己是例外的人啊。」擺明就是踩人弱點。

「那是我的問題嗎？」回得那麼坦率還真是討厭，但我想梁允樂吸引人的就是這份氣質，「所以、在你的身上找不到永遠嗎？」

「當然不是，」他擺出勾人的眼神帶著笑意輕佻的看著我，吞了一口唾液這種表情根本就是引人犯罪，「如果是妳的話，我能給妳永遠。」

……永遠。

「說真的我根本沒辦法想像沒有妳的生活呢，到哪裡去找像我們家小茜這麼好的人啊。」

他所給我的，是愛情之外的永遠。

灌了一大口冰水本來我就打算把對他的愛情揮開，所以聽見他的真心我應該高興才對，至少不會自作多情告白還出糗。

「不過、妳喜歡的人到底是誰？說了那麼多就只是想扯開話題吧。」

「才、才沒有。」差點被水嗆到我放下水杯，「我只是想確認，既然你不喜歡宇珊那我就不必浪費假日去什麼雙約會，我也不喜歡那個男的所以你也不必在那裡默默忍耐，反正就是這樣啦。」

「妳還沒說是誰。」

「不是說我不想說你就不會追問嗎？」

「那不一樣，沒理由小莓跟小清都知道的事情要瞞著我，」他很壞心的看著我，「就連妳珍貴的少女第一次也是我第一個知道的，不是嗎？」

卑鄙。無恥。不要臉。「幹嘛說得那麼曖昧，明明就是生理期被你講得好像、好像是……」我用力呼吸讓氧氣能快速的進到大腦，避免任何中風的可能，「而且就只是剛好那時候在你家準備考試而已，憑什麼那麼囂張？」

「人生有幾個第一次對吧，另一個第一次也是先告訴我不是嗎？」

「我聽不見聽不見……」

「為什麼不想告訴我？」

梁允樂拉下我摀住耳朵的手直直的盯著我，如果是跟小莓的悄悄話也許能輕易的打發他，只是他自認是除了小莓之外和我最親近的人，就算是小清但他大概無法忍受自己被我排除在外。

「因為你不會想知道啦。」

「是我爸嗎？」

「你發瘋喔。」

「不然呢？」

「妳突然發現自己喜歡上女人嗎？」

「怎麼可能啦。」

「還是妳也受到我無敵的魅力吸引？」

瞬間我的動作凍結只能愣愣地盯望著梁允樂，等到我終於回過神來卻已經來不及。梁允樂最擅長說一些漫無邊際的話來打亂我的思緒，最後就會套出他想知道的事情，而方才那個問號必然是他視為荒謬的陳述，然而我的停滯卻等同於一種坦承。

「你想太多了，怎麼可能啦。」

「小茜。」

「幹嘛那麼嚴肅，肉要涼掉了啦，不知道很貴嗎？」

「陳璐茜。」

放下刀叉我根本受不了他冷硬的聲音，「喜歡你又怎麼樣，自己要套我的話憑什麼擺臉色，人家本來是想當作暗戀，反正像高中生那樣暗戀久了就放棄了，現在你知道了我要怎麼辦，暗戀被知道就不叫暗戀了你知不知道？」

我的淚水遏止不住的掉落，胡亂抹去下一秒仍舊覆蓋新的痕跡，接過他遞來的面紙我自顧自的哭泣，淚水之中混雜著一些被揭穿的困窘、一些對於兩個人感情的擔憂，以及終於不必隱藏的放鬆。

終究、我還是希望他能夠明白我的心情。

「我不是針對妳，我只是沒有預料到。」

「人生很多意外不知道嗎？」

梁允樂居然笑了。但笑容之中卻帶有些微苦澀。

「小茜。」他很認真地注視著我，無法移開目光我只能完全承接他的情感，心有點痛但他不得不說我也不能夠不聽，「我並不是想拒絕妳或者妳的愛情，但至少我現在並沒有打算愛上誰。」

梁允樂現在很努力地用他的方式安慰我。

如果換個立場要是他突然跟我告白我一定會腦袋一片空白，然後退後一百步結果就不小心在他胸口狠狠捅上好幾刀。

不退後也不鬆手就是他的溫柔。

「愛與不愛如果那麼簡單就能決定我也不會焦慮那麼久，還要被小清當作生活調劑品，」看著他雖然是他自己來套我的話，但他這種態度讓我有點生氣又有點心疼，「不是天下無敵的梁允樂嗎？就算不是我也無所謂，不管是站在朋友的立場還是不小心被誘惑的立場，也還是希望你一貫的無所畏懼啊。」

「『不是我也無所謂……』如果那時候我也能坦然接受這一點……，」他揚起淡淡的笑容捏了捏我的臉，「偉人的話聽多了，也可以講出名言呢。」

……他怎麼知道我很崇尚偉人說的話？

「日記寫的。」

「梁允樂你偷看我的日記？」

「放在那麼顯眼的地方不看對不起妳，」他聳了聳肩妖孽般的笑容越來越討人厭，「我還知道妳很『欣賞』我的身體呢。」

「不要說了、不要說了我什麼都沒聽見。」

「小茜。」

「幹嘛？」

「不是聽不見嗎？」我用力的瞪著梁允樂，他的笑容之中卻慢慢透露出嚴肅，「愛上我會受傷的，可是妳卻是我最想保護的人。」

……他是外星人嗎？「你是聽不懂嗎？就算不想承認我也已經喜歡上你了，而且就是要受傷才叫愛情啊。」我突然覺得自己的等級又提升好多，「反正我也不可能在你不喜歡我的前提下喜歡你一輩子，所以拜託請努力堅持千萬不要愛上我。」

「小茜。」

「嗯？」

「我搬出去吧。」

10

愛情並不是或然率，七十億分之一或者一百分之一這樣的推想都只是徒然，所謂的愛情是具有特定性的指稱，也許一個瞬間也許一個雨季但視線膠著的對方卻沒有選擇權。

我沒有說好但梁允樂開始打包。

雖然他沒有多少東西但看見他把東西一樣一樣放進行李箱有好幾次我都想把東西再拿出來，好吧我是不小心這麼做了，梁允樂也只是一邊笑一邊再把東西放進去，就算不到一個小時就能收完被我耗掉整個下午終於他還是蓋上行李箱。

然後他搬走了。

不是回家也不是又賴進哪個人的住處，而是自己租了一間套房，我總感覺之中帶著特殊的意味，像是梁允樂被獨立出來了，又或者是喜歡上他之後越來越多時間只看著他。

梁媽媽被勒令不准打電話給我哭喊這件事，大概因為太認真所以梁媽媽直接跑到我的住處擔心的問我「你們是不是分手了」，就算我很努力想解釋我跟梁允樂從來就沒有在一起，但花了三個小時的結果就只有得到「阿姨只想要妳這個媳婦」這句話。

就算所有人都認為A跟B應該在一起，但愛情的起點就只是兩個人單純的愛情，他的心裡我並不在那個位置上就算被綁上婚禮也得不到愛情。

愛情是不能夠被得到的。

最開心的大概就是宇珊了，雖然這幾天她千方百計的想套出梁允樂的地址，但不用演我就能給她「我心情很差不想說話不要逼我不然我會暴走」的眼神，所以她稍微收斂了一點。我告訴她我養的烏龜死了。我想她不會想起來根本沒有在我家看過烏龜。

但是我開始養烏龜。

其實沒有特別的不同，梁允樂還是天天到小莓的早餐店，坐在他面前聽他說些亂七八糟的話，連我都差一點以為打從一開始就是這樣而我並沒有喜歡上他。

梁允樂最清楚只要我慢慢習慣，就會忘記這件事。

但是愛情從來就沒有辦法被忘記，習慣的結果也只是讓那份對他的感情更加密合的貼近自己，比過去更加仔細的凝望、比從前更加專注的聆聽，逐漸填滿我所遺漏的梁允樂，依然貼近的兩個人並沒有失去什麼，而是藉由收集更多線索讓我心中的他得以更加完整。

「看樣子妳恢復正常了。」

「什麼？」

小莓的左手托著臉頰右手攪拌著熱紅茶，帶著愉悅的表情看著我。「最近妳跟梁允樂互動又跟以前一樣了啊，就算小清刻意說些什麼妳也沒有特別的改變，雖然她說很無聊但至少我鬆了一口氣。」

「妳很擔心我喜歡上梁允樂嗎？」

「有一點。」小莓想了一下，「並不是不適合，只是感覺梁允樂想談戀愛但不想愛。」

「小莓……」

「嗯？」

「跟妳說喔……」

「說什麼？」

「那個啊……就是啊……」

「妳又在拐彎抹角什麼?」小莓停下攪拌的動作銳利的盯著我,「直接說重點。」

「我還是……我還是喜歡他。」

「什麼?」我又害小莓激動了,看來她修身養性大計都會被我破壞。

「我會不會來得太剛好?」小清的聲音像鬼魅一樣冒出來,「本來是來還書的,我就知道老天爺不會讓我的生活那麼無趣。」

「小清妳不要打斷她。」小莓用眼神示意我繼續說。

「其實,之前跟梁允樂吃飯的時候被套出話來……」

「所以他才會突然搬出去嗎?」

「嗯。」我點了點頭,「他跟我說他還不打算愛上誰,而且不想傷害我……反正就是被拒絕但他很努力在維持跟之前一樣的關係,我想大概是想只要一切都沒改變,我慢慢就會不喜歡他了,我一開始也是這麼想的……」

「然後呢?」

「但是當一切變得很自然之後,連喜歡他這件事情也變成一種日常……」

「也就是說,」小清的眼睛突然閃著亮光,湊近我的身邊用力握住我的雙手,「現在故事已經走到妳沒有梁允樂不行的階段囉。」

……也不能這樣解釋吧。

「很好，那麼接下來需要擬定的就是『打死都要追到梁允樂』的計畫！」

「什麼？」

我第一次感覺雙胞胎那麼有默契。我和小莓分秒不差一起把視線投注在小清身上，回應我們的是有點變態的興奮笑容。「不追不行吧，這也是為了小茜好啊。」

「為什麼？」

「照這樣下去會有兩種結果，一種就是小茜永遠把他放在心底，帶著一份遺憾很容易會對往後的感情產生缺憾的，難道妳要她對未來老公說『我很愛你但你卻不是我的最愛』，就算對方能接受但萬一知道那個人就是梁允樂，一切就玩完了。」小清搖了搖頭繼續下去，「另一種就是順利淡化對他的感情，但人性對於得不到的東西總會放不下，然後妳就會一輩子看著他想著『如果當初』，更慘的是如果他之後真的愛上哪個人，一定會產生更大的悔恨，帶著悔恨往後小茜的愛情也不會太完滿。」

「所以結論就是，不去做小茜一定會後悔。」

「也說不定做了之後後悔啊，」小莓似乎持相反論點，「如果連朋友都保不住，小茜才真的會遺憾一輩子吧。」

「小莓妳不是在意這個吧，妳擔心的是小茜受到傷害吧，而且最親密的朋友就更能輕易的給致命一擊。但也因為對方是梁允樂，他最不想傷害的人就是小茜，所以可以不用太擔心，再說、這就是小茜的籌碼。」

「籌碼？」

「因為梁允樂不想傷害妳，所以一定得用跟過去不同的方式處理妳的感情，也就必須用不同思維跟角度來看待妳，起跑點就已經佔了『特別』的這個上風，很容易攻下城池的。」

「戀愛的第一要點，就是讓對方覺得妳很特別，進而認為妳不可取代。」小清搭著我的肩膀，「妳已經在朋友區不可取代了，要攻佔情人區就等於有捷徑可以抄。」

□

捷徑就是我有梁允樂住處的鑰匙。

打開門的時候有點罪惡感像是入侵別人領地一樣，真不知道梁允樂怎麼能出入我家像無人之境一樣。房間很乾淨沒什麼生活感，看了時間我把買來的菜放到流理台，小清的策略是煮好美味晚餐先抓住他的胃，但我想由我下廚應該只會讓他去洗胃而已。

把酒放進冰箱，另一個目的就是灌醉自己留宿在這裡。

雖然越聽越覺得這就是梁允樂賴進我家的手法，但不能否認我心中有一部分也不願意放棄這份感情，而且這必須「歸功」於梁允樂，從小到大只要我有喜歡的人他總是會對我說：「喜歡就衝啊。」

他的房間沒有沙發但有浴缸，再怎麼樣我也不想睡浴缸，坐在椅子上看見的是窗外灰濛濛的天空，也許會下一場大雨，而那場大雨會將這裡和整個世界隔絕只剩下我和梁允樂。

如果這個世界只剩下我和他，那麼他會不會用著不同的眼光凝視著我？

我低下頭苦澀的扯開嘴角，愛情並不是或然率，七十億分之一或者一百分之一這樣的推想都只是徒然，所謂的愛情是具有特定性的指稱，也許一個瞬間也許一個雨季但視線膠著的對方卻沒有選擇權。儘管我努力撇開雙眼卻還是在閉上眼睛之後浮現他的笑臉。

「小茜？」轉過頭我看見他走向我，「想我啊？」

是很想你啊。他就不怕我這樣回答嗎？老是說些亂七八糟撩撥人心的話。

「我有買菜來。」

「既然這樣不是應該我打開門就看見滿桌的菜嗎？」

「因為我想讓你知道那些菜本來長什麼樣子。」

「也是。」

梁允樂意會的笑了，我最親近的就只有微波爐了，我還曾經拿蛋去微波整個爆炸從此沒人再要我下廚。

「要喝飲料嗎？……妳買那麼多酒是想灌醉我嗎？」

是要灌醉我自己。不過如果能灌醉你更好。「你又不會醉。」

邊聊天梁允樂邊準備晚餐，雖然很想幫忙但我不靠近才是最大的幫助，看著他的背影其實他也滿居家的。

「你從什麼時候開始欺騙女人感情的啊？」

「妳哪隻眼睛看見我欺騙女人了？」四隻眼睛都看見了，「從小我就知道自己的使命是用愛情來滋潤女孩們。」

「我今天想聽實話。」

「因為覺得愛情很愚蠢。」

「小朋友哪來的高深感想啊？」如果記得沒錯他應該從國中就有這種「天分」了。

「就是因為年紀小所以才不懂得掩飾醜陋，小時候只要跟哪個女生要好一點，對方立刻會開始要我不能和其他女孩子說話，配合之後連跟男生玩的時候對方都會生氣，因為希望對方的眼中只有自己；但是啊，她卻可以接受男生們的簇擁，跟女生玩的時候也不能打擾她。很耳熟吧，長大並不代表成熟而是懂得掩飾自己的自私。」他說，「我們都想瓜分對方限制對方綑綁對方，卻要完全保留自己的自由。」

「原來你小的時候就把愛情跟人生想得那麼透徹啊。」

「這樣有沒有更崇拜我了？」

「完全沒有。」看著他端來豐盛的……炒飯，嘟起嘴望著他，「你偷懶。」

「不吃我就全部吃掉囉。」

「你休想。」舀起一口炒飯我想起來冰箱裡還有酒，雖然我也不知道為什麼要賴進他家，但小清說這具有某種意義，「要不要喝飲料啊？」

「我今天不想喝酒，妳也不行。」

「為什麼？」

「我明天早上要開會，妳今天想睡這裡不必把自己灌醉。」

……他為什麼會知道？

「會中自己用過的招數的人是白痴。」看見我懊惱的表情他大概很開心，還分我一塊牛肉，「做了什麼壞事怕小莓半夜報復，還是吃完儲蓄沒錢繳房貸被法院查封？」

「少詛咒我。」努力在腦中搜尋理由，但看了一眼梁允樂掩飾也只是浪費腦細胞而已，「那個……我……」

「嗯？」

「就是啊、那個我啊……」

「講重點。」

「我要追你。」

梁允樂很安靜的看著我，突然我感覺有點冷，冬天的夜晚就算是在室內也還是不夠溫暖，好吧是因為某人冷到凍結的眼神。

「那個、現在想喝酒了嗎？」

他還是不說話。

「我、我去洗碗。」

收起盤子和餐具快速衝到流理台，旋開水龍頭碰觸到液體的那瞬間冰冷像爆裂一般充斥全身，刷洗著餐具聽著梁允樂的腳步聲朝自己走來。然後停下。

「小茜，妳說我該怎麼做才好？」

現在從背後抱住我然後大聲說其實你也很愛我，就可以打下全劇終的字幕了。但現實從來不會那麼簡單。關起水我的手已經凍紅，站在原地沒有移動也沒有轉身。

「我知道這樣很任性也會造成你的困擾，我也知道你很努力維持一切不要改變，但是這些努力不就等於說著我們之間已經不一樣了……沒有人能夠無動於衷，無論是愛上的人或者被愛上的人，我試過但發現的卻只是自己逐漸習慣喜歡你這件事，我不想強求但也不想什麼都不做就放棄。

「你常常對我說，喜歡上就衝吧，對方拒絕就當作跌倒站起來擦擦藥就好，所以我已經做好被你拒絕的準備了。」轉過身揚起微笑我看著他，「打從一開始我就說了，你就好好堅持不要愛上我，我又不是那種會越挫越勇努力不懈的類型。」

梁允樂繃緊的臉居然很不客氣的笑了。「就不怕萬一我愛上妳怎麼辦？」

「你說過，你最想保護的就是我。」看著梁允樂我一個字一個字仔細而堅定的說出口，「那就請你好好愛我不要讓我受傷，就算是在愛情裡不得不受傷，我也願意相信你。」

11

如果我們之間沒有愛情我就不會感到疼痛，也不會一次又一次挑戰我和他之間的關係。所以該退後的人是我。

我又後悔了。

張開眼睛看見右邊躺著一個睡得很張揚的人。裸體。差別只是在於這張是他的床。

昨天對梁允樂說的那番話醒來我就後悔了。沒辦法我就是一個很容易在熱血過後感到後悔的人。

反反覆覆不顧一切往前奔跑之後，又因為必須面對莽撞的結果而感到懊悔，無論是面對生活或者面對愛情都是，小莓常說我欠缺思慮只是恰巧在愛情裡的對方總是成熟穩重因而視我為天真直率，但梁允樂又不是這樣的人。

坐起身當腳碰到地板的瞬間差點我就叫了出來，溫暖與冰冷的相對只會膨脹能以承受的現實，到底是抱持著什麼樣的心思梁允樂能夠坦然的睡在我身邊，而且在我告白之後仍舊不扭捏？

難道是要我知難而退？用行動告訴我就算孤男寡女睡在同一張床他也能心無旁騖？

低下頭拉開衣服看了一眼我嘆了一口氣，一口氣把雙腳放在冰冷的地板上，越想越覺得自己愚蠢，還真的聽了梁允樂意見買了好幾套新內衣，又不會被撲倒真是穿心酸的。

走進浴室一邊顫抖一邊洗臉旁邊居然擺了新的牙刷，雖然知道梁允樂偶爾就是會這麼貼心，但要把「對朋友的體貼」和「來自愛情的溫柔」清楚的切割開來實在太過艱難，簡單的說、對於愛情的想像得到壓倒性的勝利。

愛情似乎就是女人的弱點。

聽見門鈴響了好幾聲，梁允樂似乎沒有理會的念頭，走向玄關我很認真的祈禱門外站的不要是梁媽媽，畢竟梁允樂剛搬過來也沒多少人知道確切地址。

旋開門瞬間我呆愣在原地。

現在我寧可面對的是梁媽媽。

「妳為什麼會在這裡？」

如果有住戶經過大概會解讀為門外的元配用著冷硬刺耳的語調質問站在門內的第三者。然後當了很多次「梁允樂的外遇」的我，只能安靜的看著對方找不到任何適當的話語。

門外站的是宇珊。

我想不到需要解釋的理由。也不認為她能夠用這樣的態度質問我。但我的心卻開始動搖，宇珊不可能沒透過我就找到這裡。

「陳璐茜，我問妳為什麼會在這裡？」

「昨天和梁允樂聊天聊太晚就留下來了。」結果我還是退讓了，在愛情裡從來我就不是強勢的那一個人，「為什麼，妳會知道他住這裡？」

「我有必要跟妳解釋嗎？」

突然我好想笑，再怎麼說宇珊也算是我的朋友，現在卻用著冰冷甚至帶著厭惡的語調回應我，我沒有那麼單純卻也難以承受所謂的友情這麼輕易就被她的愛情給撕碎。我卻還想顧全她的感情。

「幹嘛？陳璐茜？」

我聽見梁允樂尚未清醒的聲音越來越近，宇珊將視線移開對我身後的人揚起美麗的微笑。我好想離開這裡。

「吵醒你了嗎？不好意思，我只是想你剛搬家不久應該很累，所以準備了早餐。」

他們之間相隔著我。我明白宇珊希望我消失但此刻的我卻無法言語也無法移動，前進後退都是艱難。

「以後不用那麼麻煩了。」突然梁允樂的手搭上我的肩膀，「我不想讓小茜誤會。」

愣了一會兒我才想起這是梁允樂慣用的手段，嘆了一口氣有那麼一瞬間我以為那是真實。

「你跟小茜……」

「她是我女朋友。」

「但是小茜說她跟你只是朋友……」

低下頭握緊雙手我感到呼吸有些困難，我應該要制止梁允樂的，但我卻沒有反駁安靜的聽著他和她的對話。

「因為她一直不肯接受我。」

「宇珊……」

宇珊帶著不甘和被背叛的眼神狠狠刺痛我的心，為什麼她能夠踩踏著我的友情就為了得到她的愛情，卻理直氣壯的瞪視著我？

「不要跟我說話。」然後她轉身離去。

高跟鞋敲打地板的聲音一次又一次撞擊進我的胸口，看著空無一人的走廊我開始感到納悶，我的朋友以為被我搶奪走愛情而轉身離去，依然搭著我肩膀的人不只是我的朋友同時也是我喜歡的人卻若無其事的利用我揮開愛情，為什麼我連解釋的餘地都沒有？

「為什麼要這樣？」

很輕很淡然而卻已經傳進梁允樂的心底，他的手顯得有些僵硬卻依然蠻橫的將我轉過身，盯望著他倒映的是自己的身影，眨著眼我的淚水緩慢流下，這些淚水不是愛也不是恨而是難過。

一直以來梁允樂總是以我為名義揮走或者結束愛情，因為是朋友因為沒有切身經歷對方的痛苦，甚至認為讓對方能夠將憤怒投向我而非她們自己而默默承受；到這一刻我才明白自己被作為武器狠狠的傷害多少人。

最後、也傷了自己。

梁允樂能夠若無其事說著「小茜是我女朋友」這種話，或許是高估了我的感情又可能低估了我的愛情，但事實上我根本無法承受。

只要扯開笑容或者想幾句話罵罵梁允樂一切就會沒事了，只要一如往常抱怨他的無賴，抹乾眼淚說著「騙你的」一切就會沒事了……然而我從來就不是一個擅長掩飾或者偽裝的人，費盡力氣假裝只會讓自己顯得更加可笑罷了。

「說出那些話的時候，你有考慮過我的感情嗎？剛剛轉身離開的那個人是我的朋友，而站在你面前的我是愛上你的人……就算你的心裡只把我當作朋友，但至少、請你正視我的愛情。」

「小茜……」

「我的愛情並不是隨口說說的玩笑，你真的、在意過嗎？」

沉默在我和梁允樂之間像沒有邊界一般蔓延，我的呼吸他的呼吸是空間之中唯一的流動，說了剛剛那些話或許等於毀壞了我和他之間的關係吧，也許明天醒來之後就會後悔，又說不定現在的我已經開始感到後悔了，面對感情的時候我總是壓抑不住自己的心思，不管是開心或者悲傷一不小心就說出口。一不小心就會被看穿了。

所以就算燦爛的笑著梁允樂也還是會看見我的痛苦吧。

但是、儘管如此我終於學會，有時候並不是為了欺騙對方而虛張聲勢，相反的是為了欺騙自己而不得不扯開笑容。於是我努力微笑。

鬆開梁允樂抓住我手臂的雙手，帶著淚的模糊眼光膠著在他的身上，複雜的心思流竄在我身軀之中只剩下沉默。

如果我們之間沒有愛情我就不會感到疼痛，也不會一次又一次挑戰我和他之間的關係。

所以該退後的人是我。

「對不起，我反應太大了一點。」用力的維持笑容的弧度盡可能直視著他，「我該走了。」

「小茜……」

「我只是、還沒有辦法拿捏好自己的感情，就算喜歡上你但我們也只是朋友而已，可能我還需要一點時間。」

「小茜。」

「早上不是要開會嗎？不快點準備會遲到的。」低下眼我緩慢的後退，「我先走了。」

輕輕闔上門即使知道我和他之間僅僅相隔一個跨步的距離卻看不見彼此。貼靠在冰冷的鐵門上我咬著唇無聲的啜泣，友情與愛情根本沒有辦法像油水分離一樣簡單，而是像糖溶進開水溶解成一體。

全然無法分割。

□

勉強走進公司迎上的是宇珊不帶感情的雙眼，生活很容易從這些小地方開始變得亂七八糟，努力讓自己專注在工作上，一秒鐘一分鐘或是一個小時似乎沒有太大的意義，在我心中的分隔只有坐在這裡與離開這裡。

「妳為什麼要騙我？」

午休時間不想和任何人交談而走上頂樓，一轉身卻看見宇珊跟在自己身後，深深吸了一口氣我早該料想到她絕非輕易放棄或者承認失敗的類型。

「我沒有騙妳。」

「妳告訴我妳跟他沒有曖昧關係。」幾近控訴的語調看著憤怒的宇珊我反而冷靜了下來，「一開始說清楚不就好了嗎？」

「不管妳相不相信，我跟梁允樂並不是男女朋友，」雖然望向她我的視線卻穿透她的身後，我並不想看向任何人，「從以前到現在，我都只是他的擋箭牌而已。

宇珊，我不想否認我喜歡梁允樂，我是這陣子才意識到這一點……但是他只把我當妹妹，無論我的心思是什麼都改變不了他的感情。我能說的就是這些了，一開始我就說過了，愛上梁允樂是會受傷的。」

我也是。

宇珊並沒有回應冷淡的凝望著我，像是在辨識我眼中的感情和話語的真偽，牽扯到愛情的時候無論兩個人之間有多麼堅定的友誼都會被輕易動搖，我們的不安我們的猶疑讓我們無法肯定的相信。

「我不打算放棄他。」

「宇珊……」

「既然妳說他只把妳當朋友，那麼妳也沒有立場阻止我。」她不輕不重的聲音卻用力的撞擊進我的胸口，「就算我們是朋友，我也不打算為了妳的單戀而放棄我和他之間的可能性。」

……單戀。

真是一針見血又毫不留情。

「說不定他會突然喜歡上我。」

這句話不是我的本意純粹只是逞強。而且誰都聽得出來是逞強。所以宇珊並沒有理會我。

於是她轉身離去。

我突然感覺空曠的頂樓好冷。清朗無雲的天空因為太過清澈而太過無情，因為我們什麼都看不見也無法抓取。

□

「小莓……」

一看見小莓我就死命抱住她，沒有開場也沒有解釋就自顧自的哭了起來，我聽見小莓嘆了口氣接著穩穩的環抱住我，沒有探問也沒有推拒就是全然的守候。

「為什麼事情會變成這樣亂七八糟？」

「什麼事變成亂七八糟？」

「不管是梁允樂還是宇珊甚至是我自己，好像都被攪得一團亂，我都不知道該怎麼辦了……」

「先不要想那麼多了，妳現在的狀態越努力想只會越混亂，等過一陣子妳平靜一點，也許自然就知道該怎麼做了。」

「小莓，我是不是根本就不應該把自己的感情說出來……不然現在也不會變成這個樣子了……」

「這種事誰也不知道不是嗎？說跟不說都有難處，既然妳都說出口了，就沒必要去思考那些事了。」小莓又嘆了一口氣，「沒阻止小清我也很後悔，但一方面又希望妳不要放棄機會，感情的事永遠不會有正確答案的。」

緊緊抱住小莓果然她還是像姊姊。

「我想吃炸豬排……」

「我做蒜泥白肉給妳吃？」

「心情不好要吃炸的啦……」死命抱著小莓其實我心情舒坦多了，但難過的時候就想找人撒嬌，「我好可憐妳都不知道，跟梁允樂吵完架到公司又被迫跟宇珊談判，我怎麼那麼可憐……」

「烤豬排。不然就吃水煮。」真是的小莓怎麼可以堅持到這種程度。

「好吧……」

「小茜。」小莓把我拉開定定的看著我，「小清一定會繼續煽動妳去追梁允樂，無論如何妳都不能動搖知道嗎？」

「妳很不希望我跟梁允樂在一起嗎？」

「我不希望妳受傷。」小莓的臉色有些猶豫，最後還是決定開口，「梁允樂下午有打電話給我，他說他自己也不知道該怎麼面對妳的感情比較好，在兩個人都舉棋不定的時候最容易無心傷害到對方，不只是妳，梁允樂也會受傷的。」

……梁允樂也會受傷。

我一直認為在愛情中的他所向無敵，卻忘了曾經跌得最重的就是他。

那些情緒性的話語之中，是不是有哪句話也已經傷害了他呢？

「暫時、不要和他見面吧。」

看著小莓我突然無法了解這句話的意義。**暫時不要和他見面吧**。這樣的暫時可能是一天一星期還是一個月也說不定更久，我的生命之中自從梁允樂出現之後唯一一次他的空白是那次他的愛情，而這次的空白，卻是因為我的，愛情。

原來我們之間的阻隔是彼此的愛情而不是，我們的愛情。

「……我跟梁允樂還會不會像以前一樣？」

小莓看了我一眼並沒有回答我，我想我和梁允樂的空白就從早上的轉身開始，但我的愛情需要多久才能被風化呢？

我多麼希望他能望進我的雙眼仔細凝視我的愛情，卻又害怕在凝視之後他又再度閉上雙眼。我們總是在退後的同時又不死心的拉扯，帶著一點期盼也許下一個瞬間他會伸手拉回自己……

12

打開門我愣了一下又把門關上，正要轉身卻又發現不對啊這裡明明就是我家，剛剛才經過小莓的店又經過小莓的鞋櫃不可能走錯，而且我手上拿的是自己的鑰匙，但上一秒的畫面實在有點詭異說不定是幻影，於是我又把門打開。

眨了好幾下眼睛又甩了甩頭，終於確定眼前的畫面不是海市蜃樓也不是睡不飽看見的幻影。雖然有可能是鬼魅。

嘆了一口氣我走進家門，刻意讓關門聲大到無法忽略，但眼前的畫面一點改變也沒有。

梁允樂的行李箱。梁允樂的外套。還有躺在我床上悠哉看電視的梁允樂。裸體。

我都已經做好幾個月不見面的心理準備了，現在才過了一個星期他就大剌剌的晃進我的視線，那我那些感情、那些腦細胞跟那些哀傷都平白浪費掉嗎？

等著愛情被風化說不定先風化的是我。

「你為什麼在這裡？還有這個行李箱又是什麼回事？」

「搬回來啊。」

搬回來？這裡是你家是不是？就說了中文不是這樣亂用的……冷靜、深呼吸，梁允樂搬出去才兩星期，而且上星期我和他才在他的住處類似「吵架」整整一星期沒有聯絡，再怎麼厚臉皮的人也應該有所限度吧。

他是忘了我指著他說「你以為我的愛情只是玩笑」嗎？

「你租的房子呢？」

「我每天早上開門就看見妳那個同事掛在門外的早餐還有噁心的小紙條，有時候下班回家還會看見她在樓下假裝不期而遇，這樣下去我怎麼受得了。」

那為什麼你要賴在我家讓我受不了？「你忘了我們還在吵架嗎？」

「反正妳隔天醒來氣就消了，幾天前就已經打包好了，我可是為了妳忍耐了一星期才過來的耶，很感動吧。」

怎麼有人可以這麼無賴。「你忘了我喜歡你嗎？」咬著牙我恨恨地看著他。

「妳忘了妳是我的朋友嗎？」

怎麼會有這種人——不行、我要冷靜，梁允樂一直以來都是這樣的人，只是短短一星期不見我跟不上他進化的速度而已，我應該要慶幸我們不是相隔一個月而他變種成外星生物，深深吸一口氣但我的右手克制不住已經抓起沙發上的抱枕用力丟去。

接殺。哼。

「你可以回家。」

「知道我們復合我媽我多開心啊，做兒子的偶爾也要孝順一下嘛，再說、都說了好不容易搬出來怎麼可能輕易棄械投降。」

「你可以找新的房子。」

「找房子很麻煩耶，那時候也是為了妳才想都不想隨便簽了約，妳看才住了兩星期卻付了一個月房租跟一個月違約金。」

「你本來就不應該賴在我家……我不管反正我不打算收留你。」

「不怕我去勾引小莓？我是無所謂啦，但姊妹一起愛上我其實有點罪惡感……妳都不知道，知道妳喜歡我之後我好驚恐，原來這世界真的沒有女人能對我免疫，想想還真是罪孽。」

卑鄙。無恥。不要臉。

就說了如果連我也淪陷的話他的自戀一定會沒有邊界的膨脹，上星期還會考慮一下我的心情沒想到現在連我的愛情都成為他的後盾了。

「你也知道你是妖孽嗎？」

「搬回來也是為了妳好啊。」梁允樂很愉悅的看著我，看起來很有彈性的肌膚……不是、移開視線但我確定聽見他的嘲笑聲，忍、耐。「就人性來說，我搬出去因而產生了距離跟模糊感，這就是愛情最容易膨脹的契機，所以為了怕妳更加愛我所以最好的方法就是住在一起，扼殺所有想像空間就不會有不切實際的幻想了。所以啊，我可是用心良苦呢。」

「所以我應該跟你說謝謝囉？」

「不客氣。」

這樣下去我一定會高血壓、心臟病再不然也會得個躁鬱症或者創傷後壓力症候群。創傷就是喜歡上眼前的這個無賴。

「你是不是忘了，從小我就看盡你所有缺點跟無賴行徑，我就是在這樣的前提下悲慘的喜歡上你，就算住在一起近距離的觀察也沒有用。所以最好的方法就是眼不見為淨。」

「真是棘手，我都沒想到妳已經愛我那麼深了。」我好想哭又好想殺人，我到底做錯什麼老天要讓我喜歡上這個人，「那我更應該住在這裡防止妳做傻事順便想一下該怎麼讓妳不愛我，雖然這真的很難，畢竟……唉，太有魅力我也克制不了。」

……我是贏不過梁允樂的。

我決定明天下班去買十顆枕頭回家，我就不信他的接殺率可以到達百分之百。

坐在沙發上我努力把自己的視線拉回來，但一不注意就飄往他裸露的身體……

「今天才十七度你以為自己是企鵝不用穿衣服嗎？」

「為了報答妳提供住處，讓妳免費欣賞我的胴體啊。一星期不見我是不是越來越貼心啊？」

我決定忽略他。拿出我的晚餐幸好我今天買了好吃的雞腿便當。

「小茜。」

「幹嘛啦？」

「妳終於買新內衣了，我好感動。」被菜嗆到我邊咳邊不可置信的看著他，我想起我掛在浴室裡的內衣沒有收，但梁允樂接著居然拋了一個媚眼過來，「但是粉紅色太少女了，我喜歡大膽一點的顏色，例如火辣的紅色或是神秘的深紫色……」

「又不是要穿給你看。」

「這麼快就變心了啊，但是我的意見很專業的，要不要下次陪妳去挑啊？」

「梁允樂你不想被趕出去就給我閉嘴。」

上床睡覺這件事突然變得很……微妙。

梁允樂一點讓開的跡象也沒有，霸佔了床的右半邊明顯就是說著「我要一起睡」，這個人真的一點自覺也沒有嗎？

還是其實他的策略就是讓我貼近到極限，同時確認這個人的的確確對我沒有愛情的存在，但這絕對是高估他，他百分之百就是屬於無賴至極自覺全無的類型。

其實他除了招蜂引蝶了一點外其他還算是正常，但這是對一般人來說。對身邊越親近的人越會展現他的本性。尤其對象是我的時候。我都不知道該不該開心他這麼放心的對我展現真實的一面，但至少特定時刻我希望他收斂一點。例如現在。

跟喜歡的人睡同一張床是要我整晚失眠嗎？就像是吊了紅蘿蔔在驢子的面前這就是狂衝的原因。

「你忘了你的位置是沙發嗎？」

「不覺得很不合理嗎？兩個人剛剛好的床為什麼有一個人要睡沙發？當然是一起睡比較舒服啊。」

「我是女的你是男的這個解釋你還滿意嗎？」

「我又不把妳當女的。」

這、不、是、重、點。

又說不定他的計畫就是把我身為女人的自尊踩踏到深淵接著掩埋確保沒有竄起的可能，接著我就會心灰意冷的接受其實我是男人的事實，與其這樣倒不如她變成女的比較快。哼。

「床是我的我就是想一個人睡你咬我啊？」

「跟心愛的人睡在一起不是應該要很開心嗎？」

「我現在不愛你了。」

「那跟朋友一起睡也很合理啊。」

反正說什麼都抵抗不了，就說了只要他認真想要搶這張床我絕對制止不了他。

「那我去睡沙發。」

「怎麼可以？」梁允樂很無賴的拉住我，「趕主人去睡沙發太不道德了，相親相愛一起睡在床上是最好的方案了。」

「梁允樂。」

「怎麼了嗎？」

「你有出車禍撞傷腦還是偷嗑藥之類的嗎？」

「我只是領悟出一件事而已。」

「梁大師你是領悟出什麼要來這樣折磨我？」

「我承認聽見妳說喜歡我的時候嚇了一跳，一時間無法接受也沒辦法習慣，所以就努力維持一樣的方式對待妳，但其實還是小心翼翼搞得自己都不像自己了。」

「所以呢？」

「那天妳那麼生氣突然提醒我，既然妳已經感到混亂了那麼我就更應該保持本性。」

「什麼？」這是哪來的結論我怎麼連結不上？

「只要我改變妳就會覺得我因為妳的愛情而動搖，當然也會影響我們的友情，所以我一定要堅持用原先的態度對待妳，等到妳願意接受我只把妳當朋友的時候，妳就會放棄了。反正妳也很看得開的。」

「小茜。」

是這樣沒錯，但也不必這樣變本加厲地無賴吧。

「又幹嘛？」

「我很在乎妳。」

「嗯。」

「所以我很開心妳有把我的話聽進去。」

「嗯？」他的聲音突然變得很感性但我怕一轉身會太過直接看見他的雙眼，只能輕輕的回應他，「什麼話？」

「換了新內衣這樣我洗澡心情也比較好一點……」

「粱、允、樂。」翻開被子轉身我想要朝他揮過去的手卻瞬間被制伏，雙眼毫無遮掩的望進他，「少、少在那邊廢話，睡覺啦。」

「其實，妳也可以挑戰讓我愛上妳啦，雖然沒試過男人但我也不是很排斥。」

「才不要。」背過身我的呼吸顯得有些急促，「你就好好堅持不要愛上我。」

果然我失眠了。

真是亂七八糟，我才剛做好要當悲情女主角的心理準備，而且還擬定了要賴在小莓家博取同情之後的晚餐菜色，沒想到梁允樂連一點感性的空間都不留給我，大搖大擺的闖進人家要療傷的小世界，搞得現在我也不知道那到底算不算傷口。

我的頭好痛。梁允樂居然能睡得那麼香甜手跟腳都超線而且還抱著我的熊。佔據我的心佔據我的住處佔據我的床現在連我的熊也不放過。嘆了一口氣我應該要忍痛砸錢去搬一箱抗皺保養品，不然天天嘆氣我一定會提早老化。

坐在床邊我注視著梁允樂，又嘆了一口氣我該拿你怎麼辦才好呢，如果有一天我完全分辨不出對你的感情是友情還是愛情該怎麼辦呢？

我並不是一個對愛情太過執著的人，愛或不愛本來就不是下個指令就能達成的事情，或許也因此變得容易看開；但因為是梁允樂所以變得棘手。

對於其他在愛情之間來去的人，打從一開始就抱持著愛情的心思所以也做好了隨時失去的可能性，但就像我從來不認為小莓會離開我，梁允樂也一樣。所以揉進「無論如何都不願意失去」的心思之後，愛情就變得艱難並且複雜。

愛情的本身事實上相當單純，正是因為太過簡單而顯得遙不可及。層層疊疊之後才有一點趨近的感受。

困住我的並不是愛情，而是對他的友情。

其實我沒有樂觀的認為自己隨著時間就能淡化這份愛情，看著他的時候，逐漸懷疑自己說不定很久很久以前就已經陷下去了，所以像防衛一般總是選擇和他截然不同的類型。起因仍舊是他。

因為一直想著「絕對不要跟梁允樂一樣的人在一起」，也因此始終把他放在心底也說不定。

梁允樂果然是妖孽。

凝望著他的睡臉我的心跳突然加快，喉嚨有點乾渴但我卻不想離開，我記得、電影都有這樣的橋段，某一方在睡覺的時候，另一方……

甩了甩頭不行如果被梁允樂抓到會成為一輩子的汙點，要是成功的話明天後天大後天都會有這樣的念頭，所以不行。

但是「理論上」不會被發現啊，而且現在才六點多離他起床時間還有一個多小時……

深呼吸、用力的深呼吸，但我的理智從來就很無力，也就是這樣才會三天兩頭克制不了自己的感情衝動行事，我小心翼翼的靠近梁允樂，他的溫度越來越明顯，竄進鼻尖的他的氣味明明時常有肢體碰觸這一秒卻像快要爆裂一樣，終於我的唇貼上他的唇我並沒有閉上雙眼而是用太過接近的距離凝望著他。

但他卻是闔眼一無所知。

我多麼希望他能望進我的雙眼仔細凝視我的愛情，卻又害怕在凝視之後他又再度閉上雙眼。我們總是在退後的同時又不死心的拉扯，帶著一點期盼也許下一個瞬間他會伸手拉回自己……

天啊。我到底在做什麼？

衝進浴室用冷水沖洗著發燙的臉頰，但指尖卻不由自主撫上彷彿還留有他氣味的雙唇，雙手微微顫抖我看著鏡中倒映的自己，然後——

梁允樂就站在我身後。

「今天、今天起得很早嘛……」不敢回頭只能看著鏡子盡可能用自然的語調，拉開笑容但連自己看了都覺得弧度很詭異所以很乾脆的決定低下頭，看著水龍頭我抓起一旁的刷子開始認真刷洗起來，「我打算打掃浴室你可以先出去嗎？」

「妳做了什麼壞事嗎？」

「什麼？」

聲音拉高了幾乎兩個八度天啊我怎麼可以那麼心虛，因為他的聲音還帶有睡意而且我根本不敢轉頭，所以我根本不知道梁允樂只是純粹感想還是故意逗弄我。

所以說、壞人做了幾百件壞事才會被逮到，正直的人只要做了一件不算壞事的壞事也會立刻遭到報應，果然人太正直人生更加崎嶇。

「快、快點出去啦。」

「嗯哼，越來越可疑了。」我感覺梁允樂一步一步走近我，我更用力的刷著已經發亮的水龍頭，轉頭用刷子攻擊他應該有足夠的時間可以逃跑吧，「妳最不擅長掩飾了。」

「回去睡覺啦。」

「被拆穿之後接著就是惱羞成怒，最後就是裝可憐搖尾巴，妳的模式始終如一吶。」

「我幹嘛搖尾巴？不要靠那麼近啦，走、走開啦。」

「都睡在一起了還害羞什麼？」梁允樂貼靠在我的身後，留下一點空隙卻能完全感受到他的存在，他彎下腰把臉湊近我，熱氣直接噴送在我的臉頰，我的右手緊緊抓住刷子左手握住洗臉台的邊緣突然我覺得腦部有點缺氧頭有點暈，「臉都紅了耶。」

退開身體梁允樂開心的笑了。

就是這樣撩撥卻又告訴對方妳要的我不會給妳。

但就是因為招搖的拿著並且大喊不給，讓人更加瘋狂的陷入。再這樣下去我會摔下去喔。這樣的話我卻說不出口，我承受不了他退後的萬一。

「我再睡半小時七點叫我起床，小莓還不知道我搬回來，妳請她幫我留一份早餐。」

「快出去啦。」

「還有啊……」

「幹嘛啦？」

「轉過來我再告訴妳。」

深吸了一口氣我緩慢轉頭，對上的是他深邃的雙眼和輕佻的笑容，他低下身貼近我的臉，鼻子已經相互碰觸而唇就在刷過邊緣的臨界，和早上一樣過近的距離但他的雙眼卻是張開的。

直直的望著我。

所以這樣的瞬間他是不是能夠看見我眼底深處的愛情？

接著他輕輕的說。在唇與唇開合的動作之間像挑逗一般若有似無的碰觸。

然後他帶著笑轉身離開浴室。

我整個人癱軟在冰冷的地板上，腦中反覆播放他留下的話語，低下頭摀住嘴巴好想尖叫卻沒有辦法。

……我醒著喔。

他完全不理會我緊緊將我抱住，奮力掙扎但一點用處也沒有，最後只能放棄待在他的懷裡，很溫暖又帶有屬於他的香味，我胸口的愛情愈加膨脹的同時身體的另一個區域卻也湧生強大的違和感。

我好想跳河。不然撞牆也可以。

吃早餐的時候我很認真的思考自殺的方案，尤其是看見小清也坐在店裡就讓我更加有決心。

「沒睡好嗎？」

我一口一口把雜草團塞進嘴裡，不然吃草自殺也可以，但這樣太虐待自己了。

「小莓，」我抬起頭認真的看著她，「姊姊平常沒有好好照顧妳，雖然房子還有十幾年的房貸要繳，但那是我唯一可以留給妳的東西了。」

「妳在交代遺言嗎？」

「小清，小莓就麻煩妳照顧了。」

「陳璐茜妳到底在做什麼？」戳了戳我的額頭小清像是在看相一樣盯著我，「雖然愛上梁允樂很丟臉，但也不用為了他去死吧。」

丟臉？那到底是誰喊著要執行追求梁允樂計畫的？

「……他搬回來了。」

「什麼？他不是才剛搬出去不久嗎？」這是小莓的聲音。

「是他突然發現愛上妳所以跑來撲倒妳嗎？」這是小清的。

「他說宇珊一直去找他，所以他就搬回來了。」

「然後呢？」

「小清妳可以不要用那種變態的表情看我嗎？」推開小清湊近的臉，我又想起早上湊近的另一張臉，「反正他說什麼最好的方法就是保持他的本性，還說只要我近距離確認我跟他沒有火花我就會放棄了。」

「呿、真無聊。」小清退回身體把注意力放回她的早餐，但突然想到什麼又轉回目光，「不對啊，那妳幹嘛交代遺言？嗯哼？坦白從寬。」

「今天早上……那個，就是早上啊……」

「小茜，說重點。」

「早上我偷親他可是他醒著。」一口氣說出來接下來我很頹喪的趴在桌上，「妳們覺得跳河好還是撞牆好？還是開瓦斯？可是這樣房子會變凶宅，小莓就沒辦法脫手了……」

「小茜妳真的是我生活中不可或缺的重要角色，」小清很欣慰的拍拍我的肩膀，「所以就繼續吧，攻陷梁允樂計畫第二波。」

「我都要死了難道妳要我變成鬼魂還擺脫不了他嗎？」

「現在還不是死的時候，既然妳已經沒有形象也沒有少女的矜持了，而且妳都做好死的準備了那就抱著必死的決心把他追到手吧。」

「我反對。」小莓不容忽視的聲音重重的扔出來。

「斷人情路會遭到報應的喔。」小清把小莓拉到椅子上，「梁允樂也不是沒大腦，既然他敢搬回來一定做好所有設想了，所以讓小茜放手一搏又有什麼關係，再說，努力之後要放棄也比較容易。而且還是要看小茜自己的意思吧。」

所以四道目光銳利的設向我。妳給我說好。這是小清的心聲。妳不要動搖。這是小莓的眼神。

「我……」避開小莓的眼神我小小聲的說，「還不想放棄。」

雖然不想在丟臉之後就放棄，但對象是梁允樂實在很難想出戰術。

色誘？說不定又會成為另一個永遠的汙點，眼光那麼高的梁允樂再怎麼說我也搆不上美女的邊。示好？很容易就會被當作小狗摸摸頭接著被使喚，尤其又是容易得寸進尺的梁允樂。欲擒故縱？只要我一天不理梁允樂他就會死纏爛打根本疏遠不了。苦肉計？但愛情又不是同情裝可憐就能換來。

所以結論就是，完全沒有戰術可用。

小清不斷在我耳邊說著「撲倒他、撲倒他」，但如果撲倒對方就能得到愛情也太輕鬆一點，但如果成功的話說不定將來我可以寫一本「愛情就是一種撲倒」的勵志書。

她一直把我往前推結果自己就在一旁看戲也不提供意見，最後居然拍拍我意味深長的說：「只要比梁允樂更不要臉，他就會對妳感到崇拜，接著就會把妳奉為女神，最後一定會乖乖呈上愛情的。」

一點建設性也沒有。

再怎麼樣我都沒辦法比梁允樂更不要臉。

「發什麼呆？在回味今天早上嗎？」邱比特的箭讓人陷入愛情，但梁允樂發射的箭瞬間殺死了我的自尊，不只如此他還走到我的面前彎下身噘起紅潤的嘴唇，「以後不必那麼麻煩，只要說一聲我絕對不會吝嗇，還是妳就喜歡偷偷來比較刺激？」

推開梁允樂的臉但掌心卻留下溫熱的觸感，撇開頭人千萬不能做壞事不然被真正的壞人抓到之後就會成為永遠的把柄。壞人是不會考慮道德而會極盡所能的利用這一點。

「那是夢遊不關我的事。」

「嗯哼……」他很不屑的看著我，眼神中清楚的寫著「想著好一點的理由可以嗎」。

「那你幹嘛裝睡？」就、就算我不是很光明正大，但裝睡的人也沒什麼格調，而且既然要裝睡就應該裝作什麼都不知道，他到底知不知道遊戲規則啊。

「滿足一下妳的渴望啊，還是妳比較喜歡在親下去的時候和我對看？」

「你應該在我親之前就把眼睛張開。」

「所以這是承認妳偷親我囉。」

我沒有任何反抗餘地的看著他，現在也只能任他宰割就算跳樓大拍賣我可能還得幫忙招攬客人，嘆了一口氣做了就是做了，而且都被活逮是標準的現行犯，被銬上手銬也是活該。

「做都做了不然你想怎麼樣？」

「嘖嘖，妳這個反應會扣分喔。」梁允樂慵懶的靠坐在沙發上，修長的腿相互交疊、食指不知道是無心還是有意的在唇邊來回遊走，帶著輕佻的笑容將視線投向我，「這時候應該要裝可愛，而不是耍流氓。」

「辦、不、到。」

梁允樂意味深長的望著我好一陣子，最後似乎決定跳過這段沒什麼意義的對話。

「我今天想了很多讓妳放棄我的方法，除了每天都貼近的確認『我們是朋友』這個事實之外，妳應該也要體會一下『假如我們交往』的狀況，妳想像一下跟我相親相愛抱著看夜景的畫面。」我很用力的搖頭雖然有點害羞有點緊張但又想到是他就渾身不自在，「很詭異吧，所以我決定捨身讓妳體驗這些狀況，讓妳也能告訴自己『反正我跟他也沒辦法交往』，這樣不是更容易放棄我嗎？」

好像有點道理……但這傢伙怎麼會那麼好心？

「幹嘛用這種眼神看我，要是不趕快解決如果妳半夜撲上來怎麼辦？」

「那、那要怎麼做？」

「過來，親愛的……」梁允樂用相當溫柔的口吻以及非常引誘的眼神看著我，「過來啊。」

「你在噁心什麼？」

「一般女人都很喜歡耶，」他不打算等直接伸手把我扯過去，「覺得越難接受越好啊，這本來就是我們的目的。」

「然、然後呢？你幹嘛靠那麼近？」

梁允樂完全不理會我緊緊將我抱住，奮力掙扎但一點用處也沒有，最後只能放棄待在他的懷裡，很溫暖又帶有屬於他的香味，我胸口的愛情愈加膨脹的同時身體的另一個區域卻也湧生強大的違和感。

渾身起雞皮疙瘩。

「喜歡嗎？我的身體。」

「我要去洗澡了。」

使盡全身的力氣推開他，梁允樂臉上的輕佻笑容顯得相當愉悅，像是找到新玩具一樣的變態笑容，但我就是新玩具卻是不容否認的殘酷事實。

「小茜。」

「幹嘛啦？」

「這只是開場而已喔。」

□

我越來越搞不清楚這到底是什麼狀況。

梁允樂對於「體驗交往生活」這個活動十足的樂在其中，我想他根本不是真心要幫我只是覺得有趣，小清則是持續鼓吹「那麼也一起體驗更進階的吧」，小莓像是決定放牛吃草對一切都視而不見。最近的生活充滿一種歡樂氣氛，但歡樂的來源卻是我。正確來說是我的愛情。

蹲在浴室的小角落梁允樂就在外面看著電視，他們根本就沒有留給我思考的空間，我的生活被切割成兩個部分，有梁允樂的部分和有宇珊的部分。梁允樂在的時候光應付他就來不及了，而宇珊雖然像是要放棄但根本沒有給我好臉色，唯一能靜下心來就只有在這寂寞的小角落了。

這明明就是我的房子。

梁允樂只要心血來潮就會給個「熱情的擁抱」或是在我臉頰上貼上他所謂「可口的紅唇」，但其實他就停在這裡了，這麼說當然不是期待他更進一步……好吧我承認偶爾是有這樣的念頭，但大多時候我還是很堅強的抗拒他，面對從小到大的好朋友真的有點詭異，但怎麼感覺有逐漸習慣的趨勢……

我該不該告訴梁允樂他的推論不太對呢？

嘆了一口氣緩慢的推開門，才跨出一步就撞上梁允樂的身體，抬起頭正對的是他裸露的胸口，迅速的退了一步我睜大眼睛瞪著他。

梁允樂把我的包包拿給我接著就往外走去，揹起包包看著他的背影突然覺得自己好可憐，今天又是秘密武器出動的日子。雖然他通常不讓我露臉但今天似乎是想一舉打退公司的女同事們。聽說是結束大案子類似慶功的聚會。

本來還因為買到好吃的便當很開心的想邊看 DVD 邊吃，結果一回家便當就被梁允樂塞進冰箱，床上擺著連我都快忘掉的裙子、褲襪加上一件之前面試用來騙主管的甜美風襯衫，最顯眼的是我的貼身衣物也被扔在上面……

「你幹嘛？」用被子壓住衣服但梁允樂注意力根本不在我身上，而是拿起桌上一盒看起來很面熟的……隱形眼鏡？「你到底想幹嘛？」

我不怕蟲不怕蛇也不怕黑，我最怕的就是隱形眼鏡。並沒有慘痛經驗純粹就是害怕，光想著要撐開眼睛看著鏡片越靠越近就很驚悚；但梁允樂沒有近視很明顯目標是我。

「過來。」

「我不要。」吞了一口唾液他從來不會逼迫我做討厭的事情，但他今天的表情相當堅定而且一步一步朝我走來，「你到底想幹嘛？」

「今天我們公司聚餐，妳、一起去。」

「為什麼？」

「為了妳我單身已經超過三個月，公司裡的女同事又開始做無聊的事，所以妳要負責。」

「你單身關我什麼事……就算是這樣也不需要戴隱形眼鏡吧。」

「我也是有男人自尊的。」

言下之意就是怕我壞了他的行情。

總之梁允樂像抓小狗一樣抓住我，接著全然沒有男女之別的壓上我，固定住我的下巴整個人越靠越近、越靠越近……

「不會痛、一下子就過去了，只要妳乖乖的不要動……」

為什麼我會像小少女一樣默默的臉紅？

甩了甩頭加快腳步跟上他，不過就是逼迫我戴隱形眼鏡再說他本來就不把我當女的，這樣也好一點顧慮也沒有正讓我明白我們兩個人之間不會有愛情的火花。就我一個人燒啊燒得很快就會滅了。

幻滅之後才得以重生。

「陳璐茜。」

「幹嘛？」

「今天晚上妳最好一步都不要離開我的視線。」

「為什麼？」

「廣告界的女人都很厲害的，再不然妳想想妳同事，那算是入門水準。」

「那你為什麼要置我的生死於度外？像以前一樣說你有女朋友晃晃照片不就好了嗎？」

「有很多人是絲毫不介意當第三者的，雖然是這樣帶著本人出現還是有某種程度的效果。」梁允樂輕佻的瞄了我一眼，「這也是和我交往之後所必須面對的事情。」

「是男人就應該要自己處理這些事情啊，讓女朋友擔心害怕，你都不會心疼或內疚嗎……」

「妳比我還不了解女人。女人啊，就算替她們著想自己處理一切，反而會指責男人說『就是因為有鬼才不敢說吧』，倒不如一開始就讓她看清楚現實。我愛妳。這是我願意留在妳身邊的原因。但正因為我身邊有這些女人，所以我的女人需要給我更大的信任。」

真是困難。

愛上梁允樂真是有數不清的難題，但是、無論是誰都應該抱持著信任走進愛情。至少我是這麼想的。雖然曾經因此被劈腿，但該感到愧疚的是辜負我信任的對方。

「我會相信你。」撇開頭我避開他的目光，「我是說，這種女人還是很多啦。」

「就是這樣妳才會被騙。」

「反正你不會騙我就好。」

「妳是指身為朋友還是、一個男人？」

梁允樂最近似乎養成把臉貼近我說話的習慣，呼吸的熱氣沾滿我整個臉龐，貶了貶眼距離太近反而有些失焦，視覺喪失辨識度的同時只能憑藉著氣味溫度和心臟的跳動來感覺他。

那麼這一瞬間的是不是真正的他？

「如果我愛上妳的話，絕對不會欺騙妳。」他的眼神太過深邃我像是陷入一般任何聲音都發不出來，他拍拍我的臉頰拉開距離，臉上依然是輕佻到看不出真心的笑容，「不過先等妳變成女人再說。」

什麼？

「梁允樂你眼睛是瞎了嗎？我全身上下到底哪裡不像女人了，你說啊你說啊。」

梁允樂聳了聳肩做了「不予評論」的討厭表情，我想我一定是失去理智、絕對是這樣，即使過了十年甚至是到踏進棺材的前一秒鐘都還會後悔這件事……

我拉了他的手放到自己的胸前。

然後他居然很不客氣的……確認了。

這還不是最糟的。

就在這個動作的定格，迎面走來一群他的同事們。

我想回家之後我又要開始煩惱跳河好還是撞牆好，至於現在、我所要做的就是克制自己不要撞餐桌自殺。

14

說到底其實裹足不前的是我，想保全彼此關係的也是我，我做不到他那麼灑脫即使愛情消散還能重回友情。我不想失去他。

「從認識你第一天開始，大概就已經註定我一輩子都沒辦法用常理來思考你吧。」

我很努力想要忘記在餐廳門口的那一幕，但梁允樂的同事們卻每隔幾分鐘就複習一次，但唯一值得慶幸的是，大家都相信我們是熱戀中的情侶。

「我還以為允樂的女朋友會更漂亮或者幹練一點，原來他喜歡清純味的啊。」

趁著其他同事和梁允樂搭話的空隙我左手邊的波浪捲美女壓低聲音但字字帶刺，果然比宇珊恐怖多了，看看她笑得多溫柔如果消音的話我一定會以為是溫暖的寒暄。

「梁允樂一向很令人意外。」

「是啊。」波浪捲不以為意的笑了，「聽說他歷任女友最長也不超過半年，你們交往多久了呢？」

「嗯……兩個多月吧。」

「還在熱戀期啊，難怪剛剛會這麼情不自禁。」

再追加一次，但無論多麼善意我還是感覺到波浪捲眼神中透露的不屑，而且不是對於那個動作，是對於……我。

小胸部沒人權嗎？

「那你們是怎麼認識的呢，怎麼看兩個人都不會有交集啊，能夠和允樂在一起妳一定很厲害吧，也教教我吧，我也很擔心自己找不到男朋友呢。」

做人講話一定要這麼惡毒嗎？

而且還是配上這麼溫柔可人的微笑，所以說這世界都被這群人弄得歪七扭八了。

「在聊什麼？」梁允樂像是終於擺脫攀談的同事，轉過身來很好現在我又被夾在兩個人中間了。

「很好奇你們怎麼認識的啊，因為兩個人是完全不同的類型呢。」

「從小就認識了。」

「真的嗎？原來是贏在起跑點上啊。」波浪捲居然趁空隙給我一個微妙的眼神，大概是說「還以為妳有什麼本事，原來只是運氣好」，「但是怎麼會突然在一起呢？不是認識很久了嗎？」

「感覺通常都是突然出現的，對吧小茜？」

「嗯。」對啦對啦，就是突然有一天看著看著就神智不清喜歡上他了啦。大概跟每天走的路還是會不小心掉進水溝一樣。

「那也說不定會突然消失呢。」波浪捲撥了撥頭髮明顯就是無視於我在挑逗梁允樂，「允樂這麼有魅力，小茜一定很擔心吧。」

「不會啊。」波浪捲愣了一下但我說的是真心話，反正我們又不是情侶，就算真的交往因為對方是梁允樂所以他絕對不會以這種形式傷害我，「梁允樂很乾脆的，如果不喜歡了就會說出口，不會搞得曖昧不明又相互拉扯。」

「妳還真是坦然，」梁允樂似乎又被另一群人纏住，不管在男人女人之間他總是這麼受歡迎，「是已經做好要分手的準備了嗎？」

「如果輕易的就被搶走那可能就代表本來就不應該是我的吧。而且因為是梁允樂，就更不需要擔心了吧，反正也沒用。」

「欲擒故縱嗎？」

「什麼？」

「妳用的手段啊。」這女人就是認定我耍手段才能和梁允樂在一起，大概是為了彌補自己的自尊吧，這類佔有優勢的族群就是不願意承認另一群人也有優點，「所有女人都想綁住他，但妳卻像放風箏一樣只留下一條線，不過啊，風太大可能就會斷了喔。」

「那到時候有人想要就撿走吧。」

□

「這麼豁達？」

「什麼？」

「雖然不是聽得很清楚，不過確實聽見風箏斷線就讓別人撿沒關係的話，」好不容易結束每一秒鐘都要繃緊神經的聚餐，梁允樂似乎不打算放過我，一點放空的餘地都不留給我，「雖然說是信任，但總感覺像是不在乎呢。」

「我前男友也說過一樣的話。」

「嗯？」

「因為覺得愛情不應該是相互牽制，所以即使對方走了一百公尺只要看得見身影就好，但通常對方越走越遠忽然就跳出視野了，傷心啊後悔啊或是困惑這些心情遲了好幾步才湧現，大概是還在確認對方會不會又出現吧，只是這段空白就會讓對方更加心灰意冷……雖然我老是受感情影響很衝動的做了很多事，但這種時候卻總是慢半拍。」

「妳只是還沒遇到了解妳的人吧。」

「今天那麼好心安慰我啊。」

「我一向樂於助人。」還沒反應過來就看見梁允樂的臉越靠越近，已經習慣所以我並沒有退開大概他又要用極近距離說些令人討厭的話，接著他停在某種臨界，「尤其對妳更加大方。」

他的唇輕輕貼上我的，睜大眼睛看著同樣沒有閉眼的他，呆愣在原地過了好久他都已經拉起我的手往前走我才意識到，梁允樂打破了安全距離。

為什麼？

看著他牽著我的手，我們從來沒有這樣行走，手腕或者手肘他從來不會握住我的掌心……他是入戲太深了嗎？

「梁、梁允樂。」

「幹嘛？」

「為什麼要吻我？」

「安慰妳啊。」

「那為什麼要牽我的手？」

「回家啊。」

「喔。」

看著交握的雙手我越想越不對，說得那麼理所當然但這件事根本就很奇怪，我用力拉住他的手站在原地他也只能跟著停下腳步。

他又勾起輕佻的微笑，「想再親一次嗎？」
「你亂七八糟又在做什麼？」
「我又想通了一些事。」
「梁大師又想通什麼事來殘害我？」
「我也不是不愛妳，只是沒有去想過愛妳這件事。」

他伸出手在我的臉頰上輕輕摩擦，另一手仍然牽著我，心臟突然跳得好快但我又感到些許害怕，事實上雖然發現自己喜歡上他，也暗自妄想還有某些可能；然而另一部分的自己卻堅信我們之間始終只有友情藉此保全兩個人的連結，愛情是會消散的，這也是梁允樂灌輸我的信念，所以只有友情才有永遠的可能。

「如果對妳沒有好感我不可能把妳放在那麼重要的位置，所以搬回去也是為了讓自己確認這一點。」他的手停在我的臉頰，雖然是輕佻的笑容卻帶著認真的意味，「以我天資聰穎的程度，立刻就想通了。」
「想通什麼？」
「並不是沒有愛情，只是被過於強大的友情覆蓋而已。」

「我不會被騙的。」

「因為我沒有騙妳。」想要撇開頭卻被他扳回來，「我說過，愛上了就衝，我才不管要顧全友情或是一些麻煩的後續。」

「做人怎麼可以那麼任性？你忘了我們說好你要堅持不能愛上我，然後我的愛情就會淡化，最後就會沒事，你怎麼可以違約？」

「誰跟妳約好了？而且照妳這種說法，只要雙方訂下了不能變心的契約就不會變心嗎？」

就算梁允樂最近一直要我體驗交往後的生活，但我抱持著他在開玩笑的心態不以為意，而這一秒鐘我確確實實感到臨場感，也就是說，梁允樂也喜歡上我了？

喜歡他、想要他喜歡上自己是一回事，但他真正喜歡上自己完全是沒辦法想像的另一回事。

像是終於得到自己想要的禮物卻又不確定自己能不能夠擁有，看著他我的呼吸幾乎暫停，我的愛情始終貼放在兩個人的友情旁邊，即使破滅也還有友情作為緩衝因而令人感到安心；然而他現在的動作像是把友情移到外圍，並列緊貼的是彼此的愛情，或許因此能夠汲取更多對方但同樣必須承受失去的風險。

能得到更多卻可能失去更多。就是因為風險太高所以讓人像上癮一般無法戒斷又反覆沾染。

我的胸口劇烈的搖擺。動盪不安。

鎮定、陳璐茜妳要鎮定。

「那……可是、你……我……」

「小茜。」

「怎、怎樣？」

「妳真的，」梁允樂突然噴笑了出來，「很好騙耶。」

這個莫名其妙亂七八糟又沒有良心的梁允樂，玩弄我的感情又嘲笑我之後居然能若無其事的躺在床上看電視，而且他居然未雨綢繆把抱枕也帶走了。

「生氣對皮膚不好喔。」他漫不經心的轉著電視，人家是遇到廣告要轉台，他是為了看廣告而轉台，「再說這樣不是讓妳更清楚自己的想法嗎？即使喜歡對方但卻沒辦法接受對方也喜歡自己，就是有這種時候吶。」

可是、剛剛才在抗拒現在聽見他這麼說卻有點失望……

嘆了一口氣我也越來越矛盾了。

「陳璐茜。」

「幹嘛？」

「上床睡覺。」

乖乖的走到床邊越想越不對，「你到底要賴在我的床上多久？要是我之後的男朋友知道不就都毀了嗎？」

「那就說我是妳前男友啊，我不介意啦。」

「我介意。」爬上床用力把他推過去，這根本不是一人一半而且醒來都會發現他的長手長腳很不客氣的越界，「就算可以解釋得過去，但誰會接受我跟前男友感情那麼好？」

「等妳交到男朋友再說啦，而且幹嘛那麼誠實，小莓也不知道我們睡在一起不是嗎？」

很多時候小莓還是很可怕的。「我會良心不安。」

「愛情需要適量的謊言，就像……我記得妳某個男朋友不是說過妳樸素的樣子很可愛嗎，但三不五時送妳一堆花俏的衣服裙子就是一種暗示。」
「這是兩回事。」
「女人就是喜歡把相似的東西分得很遠，立了一堆細目結果只是越來越混亂而已，對男人來說很多事情根本就一樣，例如偷吃不能說、女朋友妝畫壞了也不能說。」
算了不想理他。
「梁允樂你幹嘛？」
才剛關燈梁允樂就滾過來像熊一樣纏住我，他到底是無聊還是真心想要訓練我的意志力，更何況我意志力一向很薄弱說不定會克制不住撲過去。
「冷。」
「冷不會穿衣服嗎？」
「裸身取暖是最有效的方法，妳以前很迷的流星花園不是也有這個橋段嗎？那妳要不要順便把衣服脫了？」
「你走開啦。」

「放心啦我不會亂摸，反正摸了也不知道……」

可惡的梁允樂，我使出全身的力氣奮力掙扎，他卻一動也不動的箝制住我，這就是所謂的睡前運動嗎？

什麼叫做摸了也不知道，這就是他今天確認的結果嗎？恥辱、這絕對會是我一生中最大的恥辱。

「陳璐茜。」梁允樂的聲音突然變得很低沉但我還在努力扳開他的手，明明就很瘦但力氣卻大得要命而且直接摸到皮膚的感覺有點……「不要動。」

「你以為我這麼容易屈服嗎？」

「先提醒妳，再怎麼樣我都是個男人。」

像是凍結一般我僵直在那瞬間的動作，小心翼翼的側過頭他的雙眼已經闔上，透過微光看見的他其實有些模糊，但他仍舊緊緊抱著我。看著他我的心思複雜了起來，真是個徹頭徹尾的無賴，能若無其事的抱著一個喜歡自己的女人取暖，卻又要對方記住他是個男人。

到底他是希望我退出愛情還是越陷越深呢？

「……如果我繼續掙扎的話？」

我試探的問著，如果梁允樂要我記住這一瞬間的他和我是一個男人和一個女人，那麼是不是也代表我們之間仍舊存在著某些可能性？

「我會先打昏妳，讓妳乖乖的當抱枕就好。」

他低沉的話語輕緩卻沉重的敲擊在我的耳邊，即使我們貼靠得那麼近，他卻還是以他的方式阻隔著我。

「所以、寧可打昏我也不願意那個人是我嗎？」

「我不想這樣對妳。」

「梁允樂。」隔了一段時間我才繼續說話，「你是不愛我、不能愛我還是不想愛我？」

他並沒有回答也許是睡了，或許我並不想知道答案，人總是帶著想要探究卻又不敢知道答案的心思往前走，跌跌撞撞又不願意認輸，但在心底深處隱藏的並不是好勝而是盼望有哪個人伸出溫暖的手。

我不能愛妳，因為想保全彼此的關係。就算走到這一步這仍舊是我所期盼的答案，說到底其實裹足不前的是我，想保全彼此關係的也是我，我做不到梁允樂那麼灑脫即使愛情消散還能重回友情。我不想失去他。

「從認識你第一天開始，大概就已經註定我一輩子都沒辦法用常理來思考你吧。」

15

那天妳哭著離開之後，我感覺到的不只是擔心，而是和那時候相似的心痛，認真沉澱之後我居然發現或許在更之前妳就已經快跨過愛情的線，只是我死守著那個邊界。

做人還是要積極一點。

我認真思考了好幾天，梁允樂單方面的打擊似乎沒什麼效果，漫畫裡的女主角常常喜歡男主角好幾年最後才感動對方，我絕對不能讓這種念頭在自己身體裡萌芽，我一點也不想耗費青春在默默付出上。

人家說，忘卻上一段戀情最好的方法就是開始新的一段，所以我決定開發新市場。

但是這就是問題所在。

托著下巴有一搭沒一搭的按著鍵盤，老闆沒進辦公室所以瀰漫著懶散的空氣，嘆了一口氣就是不知道新市場在哪所以才會單身那麼久，眼看我都已經單身一年半了，雖然時間長度不是重點但聽說空窗越久越難有新開始，而且這陣子我唯一認識的新男人就只有……

氣質男？

偷瞄了一眼宇珊，她那邊應該有很多口袋名單，不然多和氣質男相處也可能碰出意外的火花；前幾次都把心思放在梁允樂身上，完全沒有注意到他，說不定是個好機會，就算跟他沒有發展也可以透過他開發新市場。

但重點是宇珊……

從那天在頂樓之後她就不怎麼理我，突然跟她示好感覺有點現實，但兩個人要和好總要有契機，可是該怎麼開頭比較不會突兀，例如「哈囉最近還好嗎」光想就覺得很愚蠢，那「宇珊我們談一談吧」這樣又太嚴肅，如果是「下班一起吃個飯吧」感覺不錯但宇珊可能會狠狠的拒絕……

「妳幹嘛一直盯著我？」

「嗯？」愣了一下才意識到是宇珊主動開口跟我說話，雖然語氣不是很友善但至少我不用自己開場，「沒有……就、我只是在想……那個……」

「妳到底想幹嘛？」宇珊投射過來是滿滿的殺氣，很明顯她還在記恨。

「我是想說……」頓了一下但宇珊的耐心似乎快要用盡，「妳能不能給我夏……就是妳朋友的聯絡方式？」

「妳要夏以亮的聯絡方式做什麼？」

「想開發新市場啊。」

宇珊眯起眼不說話看了我好一陣子，最後居然露出微妙的笑容，「妳不是喜歡梁允樂嗎？」

「我跟他不太可能，但……」還是不要跟宇珊解釋太詳細比較好，「總之見見新對象對我也好啊，都單身那麼久了。」

「可以啊。」

這麼乾脆？

「但是，有一個條件。」

「什麼條件？」

我實在太小看宇珊的毅力了。

所謂的交換條件就是再來一次雙約會。低著頭我不敢望向梁允樂，因為不可能拉他出門所以只好把聚會地點選在我家，於是就形成四個人坐在桌子兩端視線來回流轉的微妙場景。

前方是梁允樂。右邊是氣質男。這是宇珊安排的座位。沒辦法逃走所以我只好默默的灌酒。

「妳沒吃什麼東西一直喝酒會醉吧。」氣質男很有趣的看著我，我想起來他知道我喜歡梁允樂這件事，「還是吃點東西吧，這家的滷味還不錯。」

不知道是接到宇珊的指令要對我獻殷勤還是他本來人就很好，總之他很體貼的替我夾菜一整晚幾乎也只和我說話，但我還是會分心偷瞄梁允樂，他臉色冷硬並不是裝出來而是真的心情不好；我呼呼呼的對氣質男傻笑，開始後悔自己沒有抵抗宇珊的交換條件。

「怎麼又搬回來了呢？之前那裡感覺不錯啊。」看梁允樂沒有搭理的意思宇珊很乾脆的換上刺激的話題，當然是對我而言，「今天我有點意外呢，小茜突然跟我要以亮的電話，還說對以亮有好感呢……我一直覺得他們兩個很適合，之前還覺得可惜呢。」

「我怎麼不知道她這麼缺男人。」

「這種事當然是姐妹間的悄悄話啊，」那妳現在還說那麼大聲，完全無視於我跟氣質男的存在，而且早上還瞪著我現在就變姐妹難道是我適應力太差嗎？「單身太久對女人的皮膚不好喔，女人就是需要戀愛的滋潤。」

「是嗎，」梁允樂突然冷笑一聲，我感覺背脊發涼但不小心移錯方向整個人往氣質男靠，「怎麼不告訴我？我可以幫妳介紹更多對象啊。」

「你這樣以亮會擔心的，小茜就對他有好感啊，介紹其他男人也沒什麼用吧。」

宇珊到底是在報復還是想扼殺我跟梁允樂之間的可能？

我看著宇珊不經意的往梁允樂靠去，低聲說些什麼我很努力但還是聽不見，接著氣質男也靠近我耳邊低聲的說：「這就是今天的劇碼嗎？」

「我也不知道……」

「妳不是喜歡梁允樂嗎？」

「所以才要積極找方法掩蓋掉這件事。」

「但是藉由一個人來掩蓋另一個人的愛情只是自欺欺人吧，不過如果妳讓宇珊得手也算是一種埋葬愛情的方法啦。」

皺起眉看著前方的妖女無所不用其極的黏附上梁允樂，心中交織著憤怒嫉妒心酸和不願意，看了氣質男一眼我的頭有點暈，我也忘了自己灌了多少酒，但酒精並沒有麻痺知覺反而讓遲鈍的感覺都集中在梁允樂身上。

但人家就不喜歡我又能怎麼辦？

或許在愛情中我們能夠掙扎能夠努力，然而在這些搧動之後才得以燃燒的愛情究竟還剩下多少原色，混著感激混著憐憫還混著一些模糊而難以辨認的情感，包裹著也許初衷只有一個圓點的愛情。

又可能、最後會悲哀的發現，我們只是誤以為那是愛情。

嘆了一口氣人就算能想透這些事，也不代表能夠坦然的看透。還有掙扎還有努力的餘力就會再度往前，直到把自己或者對方逼到連轉身都沒有空間，才不得不做出最終的決斷。

「所以你有什麼建議嗎？」

「妳有確認過他喜不喜歡妳嗎？」

「不喜歡。」毫不猶豫我就能夠回答他，「他只把我當朋友。」

「那如果連這樣都不在意妳就只好放棄了。」

「什麼？」

才剛說話氣質男的手就搭上我的肩膀，很親暱的把臉頰靠在我的肩上，原來是想用激將法但這麼傳統的老梗不會有什麼用處吧，大概就是類似垂死掙扎但前提還是垂死。

「你還是介紹其他對象給我比較實際，這種老梗沒什麼用吧。」

「就是有用的方法才會變成老梗，獨佔欲是愛情裡最重要的元素。」

□

「我都不知道妳這麼缺男人。」

才剛把宇珊和氣質男送走關上門轉身轉到一半就聽見梁允樂充滿諷刺的話語，

我很堅強的決定面對他，但完全沒預料到他就站在一個跨步的距離之外。

「人、人總要向前看啊。」

「那妳沒看見我一直站在妳面前嗎？」

「所以呢？」是想打我的意思嗎？

「所以妳應該先看到的是我。」

「你到底在氣什麼？既然你不喜歡我那我當然是要找方法快點讓一切回復原狀啊，你不覺得自己很奇怪嗎，說著不喜歡我但是又做些莫名其妙的事情，體驗交往生活什麼的根本就沒有用，只會讓人越來越無法割捨越來越想擁有……我沒有你那麼灑脫可以說愛就愛說不愛就轉身離開，所以拜託你站在原地就好不要再挑戰我的意志力。」

「陳璐茜妳真的蠢到這種程度嗎？」

「幹嘛又罵我？」

梁允樂挾帶著巨大的脅迫感逼近，從一個跨步的距離縮短到一小步最後停在貼近但足以看清彼此的長度，他的沉默他的凝視讓我無法動彈，我以為他會說出嚴厲的話語卻出乎意料的勾起輕佻的笑容。

「不是裝的啊，是天然呆。」

「梁、允、樂！」

「妳以為我那麼累做什麼？體驗交往生活，」他像是忍不住一樣的笑了出來，「這種話妳也相信大概就是妳無人能及的地方吧，一般人哪會用這種方式去消滅愛情啊。」

「逆、逆向思考啊。」

「對愛情的胃口是會被養大的，什麼都不曾擁有的時候很輕易就能割捨，但只要得到對方的溫度就會想要更多、得到對方的擁抱就不想鬆手。我就是計畫這樣一點一點讓妳陷入，讓妳根本連割捨的念頭都會痛到不敢想。」直直望進我絲毫沒有閃躲的可能，我終於看見他剖開真心時的全貌，「過去對愛情輕率是因為根本沒有打算去愛，但因為是妳所以我只有要、或者不要兩個選項，我不只要妳還要妳的愛情。再說，妳以為我為什麼要帶妳去公司聚餐？」

「跟以前一樣讓喜歡你的人死心啊。」

「我都已經在那間公司工作那麼久了，沒必要到現在才做這種事吧。」

「那到底是怎麼樣一次說清楚啦，根本就不懂你在說什麼。」

「我爸媽以為我們在交往、我的同事也相信妳是我的女朋友，也就是說妳已經徹底以女朋友的姿態進到我的生活圈裡了。」梁允樂把臉貼近我，「妳無路可退了。不是、我不會讓妳有機會後退。」

退開一步我根本搞不清楚梁允樂是在鬧我還是認真的。

「說分手了不就好了。」

「我不要。」

「反正我說不是你也不能怎麼樣。」

「真是麻煩早知道就直接在床上解決妳了……」

「你、你不要過來喔，你又在騙我吧，像那天一樣……夠了喔，我保證以後絕對不會再帶宇珊回家了啦，不然、不然明天請你吃晚餐嘛……」

「那天說的是真的。」梁允樂又逼近一步，像那天一樣用指腹輕輕摩擦我的臉頰，「但是妳的反應就像我預料的一樣，妳根本沒有考慮過我的愛情，就是有這種麻煩的人，拿出自己的愛情卻沒有考慮對方的愛情。」

因為你是梁允樂啊。看著他突然覺得自己像是努力生火並且拚命搧風結果火燒起來之後卻又不知道該怎麼辦的死小孩。

「……我很擔心。」

「擔心什麼？」

「你說過，愛情是會消散的……也許你會說萬一分手之後再回到朋友的位置就好，但是我沒有把握，我也跟某些男朋友和平分手之後說著要做好朋友，結果根本沒有辦法，只要想到兩個人的那些曾經就坦然不起來吧。這跟愛不愛沒有關係，總感覺有些什麼阻隔在兩個人之間，但因為是你……我不想用失去你的可能去賭愛情。」

「小茜，妳還記得我問過妳，萬一我愛上妳的話該怎麼辦嗎？」

……你說過，你最想保護的就是我。那就請你好好愛我不要讓我受傷，就算是在愛情裡不得不受傷，我也願意相信你。

「我說的是真的，我並不是不愛妳，只是沒有想過愛妳這件事，更正確的應該是我沒有想過再去愛上誰。」他說，「那天妳哭著離開之後，我感覺到的不只是擔心，而是和那時候相似的心痛，認真沉澱之後我居然發現或許在更之前妳就已經快跨過愛情的線，只是我死守著那個邊界。但是愛上一個人不管多麼奮力抵抗都是徒勞。我說過，愛上了就衝，而且、就要義無反顧的去愛。」他突然勾起笑容，「只是因為對象是妳，我就更加周全的撒下不讓妳脫逃的網，想通自己感情之後連一個瞬間我都沒有思考過放手。」

我看著梁允樂他的眼中映現的是我，但這樣的梁允樂卻讓我有種遙遠卻又無比貼近的感受。

「陳璐茜，我知道妳跟那夏什麼鬼的只是在刺激我，所以這次就放過妳，如果還有下次的話我保證妳會三天下不了床。」

「你、你又在亂七八糟說些什麼啦。」

「這幾天抱著妳睡感覺肉稍微多了一點，妳又不喜歡運動那麼我只好捨身來『幫助』妳啊……」

「你不要過來喔……不是說我是男的嗎？你飢不擇食到這種地步嗎？再說、再說你到現在才發現我的魅力不會太遲了一點嗎？」

梁允樂很不客氣的從上到下來回的審視著我：「T恤、牛仔褲、粗框眼鏡配上素顏還有不整齊的馬尾，能發現妳的魅力事實上我也不是個簡單的人物。」

「你不要過來、不要過來……才剛說喜歡我就想進階不會太過分嗎？而且我也還沒決定要接受你。」

「如果我不犧牲的話，到底哪時候我才能有小小茜可以玩？」

「你說什麼？」

「放心我會負責的。」無路可退只好很愚蠢的轉身貼著牆壁，他卻從背後環抱住我，用著很輕很溫柔的聲音對我說：「我對妳的愛可是強大到就算是看見兒童內衣也不會熄滅的。」

卑鄙。無恥。不要臉。

16

就算必須拿失去他的可能性作為賭注但那也不過是我的假想，選擇太過安全的路途只會錯失許多風景，還有自己真心愛著的人。

睜開眼睛我好像做了很奇怪的夢，大概是昨天酒喝太多。

習慣性看了旁邊睡得很張揚的梁允樂一眼。照例是裸體。掀開被子今天早上特別冷，坐起身的瞬間我突然發現不對勁，拉過被子把自己包裹起來又看了梁允樂一眼、再看了自己一眼……深深吸一口氣我緊緊閉上眼睛又緩慢睜開，沒變，所以不是幻覺……

是、是真的？

我好想尖叫但拚命忍住無論如何我都不想面對醒著的他，伸長手好不容易「蒐集」到我的衣服，逃命一樣衝進浴室胡亂的穿起衣服用力捏了自己的臉頰，好痛真的好痛不小心捏太大力，我記得昨天梁允樂說了類似他也喜歡我的話，然後、然後就……

不行，我的心臟還沒有強大到立刻面對這件事。

所以我決定逃跑。

躡手躡腳的離開屋子但關起門突然我又不知道該去哪裡，把投靠名單想過一輪之後最適合的人選還是小莓。偉人說最危險的地方就是最安全的地方。

「小莓……」

「怎麼了？」

雖然梁允樂暫時不會醒但一直待在小莓的早餐店遲早會被發現。再說今天是星期六他也不會去上班。可是也說不定他醒來之後就裝作沒事，男人通常沒什麼良心尤其梁允樂從小就沒良心……

「我今天可以投靠妳嗎？」

「妳又跟梁允樂怎麼了嗎？」

一定是心理作用小莓絕對不會在「怎麼」這兩個字加重語氣。不知道該怎麼開口我只好拿出可憐兮兮的眼神寫著「拜託救我」盯望著小莓。

「妳先上去。」

□

「說、到底怎麼了？」

我看了一眼時鐘小莓大概提前關店，縮在沙發上我用毯子把自己蒙起來，小莓毫不留情的整件扯走，通常當我越扭捏的時候就表示事情越嚴重。至少是以我自己的標準而言。

「那個……就、就……那個我……」

「陳璐茜。」

「迫不及待來分享了嗎？」

我都還沒開口梁允樂就從門口走來，帶著很燦爛又很邪惡的笑容爽朗地插話，小莓納悶的看著我和他，似乎打算採取觀望態度。

「小莓妳為什麼不鎖門……」好吧小莓不理我，所以我只好勇敢的面對梁允樂，「你到底想幹嘛？」

「醒來之後發現自己被丟在床上感覺很空虛，心裡有點受傷啊。」

「床上？梁允樂你在說什麼？」小莓很敏銳的聽見關鍵字，同時很銳利的看了我一眼但毯子被她扔在一邊我撿不到所以沒辦法蒙住自己。

「我們昨天在床上相親相愛啊。」

「梁允樂！」

「陳璐茜！」

我的尖叫和小莓的怒氣幾乎重疊在一起，嘆了一口氣早知道就不要逃跑了，現在除了梁允樂還多了一個小莓，我覺得自己好可憐。

「昨天不小心喝太多酒了……那個，意外、意外嘛……」

我好像說錯話了，小莓跟梁允樂同時兇狠的瞪著我。

「意外？」梁允樂一步一步朝我逼近，抓住我把我整個人扛在肩膀上，我用力掙扎卻一點用也沒有，「我們還有事情要解決，晚餐再來找妳。」

然後我的逃亡計畫很乾脆的被破壞了。

把我扔在床上梁允樂不發一語直直的看著我，嚥了一口唾液我僵硬的扯開笑容，命在旦夕自尊一點用處也沒有，討好的爬起身拉了拉梁允樂的手，他還是一動也不動。

「我、我不是故意的……醒來的時候腦袋亂成一片根本不知道該怎麼辦，很可怕你都不知道，不要瞪我嘛不是說對象是你很可怕，是因為太突然……」鬆了一口氣他的臉部線條終於和緩了一點，「你也知道我很正直啊，做人做事都要循序漸進啊……」

「說重點。」

「我很害怕你只是一時衝動，所以如果你裝作沒事我、我就會知道該怎麼做……」

「衝動就不會等到昨天。」完全沒有通知梁允樂又逼近我，整個人被箝制在他的胸前，而且這裡是床……「我說過我會負責。」

「其實你不用勉強自己負責啦……」

「陳璐茜妳是想挑戰我的忍受力嗎？」他嘆了一口氣露出複雜不知道該拿我怎

麼辦的表情，「到了現在妳還是沒考慮過我的愛情嗎？」

「你根本就沒有給我時間考慮啊。」

「好、我給妳時間。」他突然笑了，「現在、這裡，給妳一分鐘。」

「一分鐘是要考慮什麼啦？」

「考、慮、我。」他說，「想愛或者不想愛，就這麼簡單。」

看著他認真的我開始思索他的話，在梁允樂的世界之中愛情從來就是最簡單的一件事，愛或者不愛，確認愛了之後就往前走，沒有不敢愛沒有猶豫也沒有搖擺不定。想要或者不想要。純粹的愛情從來就不複雜。

是啊，就像梁允樂一直灌輸我的，愛就衝啊。

就算必須拿失去他的可能性作為賭注但那也不過是我的假想，選擇太過安全的路途只會錯失許多風景，還有自己真心愛著的人。

真是豁然開朗。

豁然開朗之後肚子就餓了。

「欸、我早餐還沒吃肚子太餓沒辦法思考。」

「我也沒吃早餐現在血糖很低脾氣非常惡劣。」

就說了做人太正直就會比一般人走得更加崎嶇，我這麼善良有公德心的人偏偏喜歡上這種沒有良心的男人。

「我說不想你就會退開嗎？」

「不會。」

「那你幹嘛還問我？」

「這是一種尊重。我一向很尊重女性的。」

「所以你現在覺得我是女的囉？」

「差強人意但勉強可以辨認出來。」

「梁允樂。」

「嗯？」

「我不要你了。」

「陳璐茜。」

「幹嘛？」

「來不及了。」

所以說，做人還是不要太正直。

□

「到底發生什……」

在我還在努力撈被亂丟在地上的衣服的時候，先是聽見門被打開接著就是小莓說到一半突然斷掉的聲音，順著聲音我抬起頭抓緊衣服呆呆的看著小莓。

總感覺這樣的氣氛像是媽媽看見自己女兒跟其他男人廝混，但小莓的的確確是我的妹妹。雖然在這種尷尬的時候我還是想這樣強調。

「怎麼了嗎？」

梁允樂帶著笑看著小莓，說不定已經預料到小莓絕對沒辦法放心，畢竟不管我跟梁允樂吵得多兇從來就不會要求清場。何況是小莓。

「這是怎麼回事？」我試圖不著痕跡的躲進棉被但立刻就被小莓發現，「陳璐茜。」

「就是妳看到的這樣啊，我是小茜的人了。」

……什麼？

「怎麼都沒有人要接電……話。」

人啊、做善事的時候通常想炫耀路上卻一個人也沒有，但是像這種微妙的時候人們就像是帶有嗅聞八卦味道的鼻子，尤其是小清。好吧，其實只是因為假日她常常會跑來。

「這麼精彩。」小莓瞪了小清一眼，但小清拍了拍小莓的肩膀，「都已經這樣了生氣也沒有用啊，而且八成是小茜撲上去的。」

「才不是。」

「不然會是梁允樂嗎？果然愛是盲目的，我唯一認同你的就是審美觀而已，現在連這一點也沒了。」

「妳到底是不是我的朋友啊？」

「就是朋友才更要說真心話啊，不過這樣說話……你們不會冷嗎？」

「當然會冷啊，我又不是企鵝……轉過去啦不然我怎麼穿衣服，」看了一眼閒適的某人，「你也轉過去。」

「該看的都看了……」

好不容易穿好衣服我嘆了一口氣，因為繼續待在床上很尷尬所以我很堅強的坐在沙發上接受小莓和小清的銳利眼光，明明就是兩個人的事情但為什麼梁允樂可以沒事一樣躺在床上看著我？

「你們、到底……」小莓深深吸一口氣，「直接告訴我結論就好。」

「什麼結論？」

「總之小莓的意思就是妳跟梁允樂現在是什麼狀況，該不會是酒後亂性吧，我就知道這招很好用。」

瞪了一眼小清我移動位置黏在小莓身邊，「我跟他，大概會在一起吧。」

「真的嗎？」小莓姿態完全軟了下來，說到底她只是擔心我，「但是……」

「我是認真的喔。」所有人的視線投注在梁允樂輕佻的微笑之上，但下一秒鐘他斂起笑容認真的看著我們，「小茜很笨所以玩不起愛情遊戲，而且也笨到容易把真心全部給出來，大概這種笨是會傳染的吧，所以就算妳反對我也不會退讓。」

連這種時候還要說我笨，但我的眼角卻隱約的泛淚，從來不展露真心的梁允樂現在正堅定的宣告他的感情。

「我不敢保證絕對不會傷害小茜，我也不打算小心翼翼去對待她，但是我會給她我全部的愛情還有她已經擁有的友情。」他說，「我愛她。這是我反覆思索驗證之後得到的答案，對我而言她就是正解。沒有道理放棄正確答案交白卷吧。」

「梁允樂很認真嘛，我一開始就說了，果然只有小茜能攻下他，」小清笑著拉了拉小莓，「走啦，不要當發光體了啦。」

「要是欺負小茜你以後就不會有早餐吃了。」

小莓的威脅好弱。但是、我真的覺得自己好幸運。

「想哭就哭吧，忍住不哭一點都不可愛。」梁允樂走到我身邊輕輕將我擁入懷中，「小茜，我愛妳，但是妳不用記得這件事，因為我會讓妳每天都感受到我的愛。」

「如果不習慣怎麼辦？」

「那最好，我沒有打算讓妳習慣我的愛，我要妳每一天、每一天都反覆體驗我們的愛情。」

「你都是這樣哄女人的嗎？」

「這些話，只對妳說過而已。」

梁允樂笑了，緩慢的在我額頭上印下他的唇溫，用著異常溫柔而堅定的眼神凝望著我。

「所以、妳也只能看著我了。」

The End

後記

想寫個輕鬆愉快的故事，沒想到卻太過愉快了一些，在預期之外也在意料之中，層層疊疊而上的歡樂與憂愁或許更加貼近我們的生活，時而喜悅時而難過，愛情本來就不是單調的氛圍。

雖然最後允樂和小茜跨過友情走進愛情，但我是相信男女之間存在純友誼的，事實上我就擁有這樣的好友。這篇故事只是剛好。

有些時候朋友的確是通往情人的捷徑，但又有些時候濃厚的友情反而成為阻礙，在故事之中雖然有些輕描淡寫但我仍舊想闡述這一點。

愛情其實是相當簡單的存在，像是核心一般本質性的存在，在我許多的故事之中的角色們之所以那麼掙扎，往往並不是因為愛情本身，而是包覆著諸如親情、同情、愛情或者其他現實的顧慮；或許我們像角色們奮力衝破這些阻礙，但如果有那麼一點、至少有那麼一點能夠傳達的，我都希望我們能為了自己勇敢一些。

勇敢去愛或者，勇敢不要愛。

Sophia

All about Love / 09

背對背相愛

國家圖書館出版品預行編目資料
背對背相愛 ／Sophia 著.
— 初版. — 臺北市 ： 春天出版國際, 2012.01
面； 公分. —（All about Love ；09）
ISBN 978-986-6000-09-6（平裝）
857.7 101000109

ISBN 978-986-6000-09-6
Printed in Taiwan

作 者 Sophia
封面設計 克里斯
內頁編排 三石設計
總編輯 莊宜勳
企劃主編 鍾靈

發行人 蘇彥誠
出版者 春天出版國際文化有限公司
地 址 台北市忠孝東路四段303號4樓之一
電 話 02-2721-9302
傳 真 02-2721-9674
E－mail frank.spring@msa.hinet.net
網 址 http://www.bookspring.com.tw
部落格 http://blog.pixnet.net/bookspring
郵政帳號 19705538
戶 名 春天出版國際文化有限公司
法律顧問 蕭顯忠律師事務所
出版日期 二〇一二年一月初版一刷
定 價 180元

總經銷 楨德圖書事業有限公司
地 址 台北縣新店市復興路45號3樓
電 話 02-2219-2839
傳 真 02-8667-2510

09

All about Love

09

All about Love